제1회 알로이시오길

2020 알로이시오길

가난한 사람들의 국토대장정

초판 1쇄 인쇄 | 2020년 3월 15일
초판 1쇄 발행 | 2020년 3월 30일

엮은이 | 깨학연구소
기   획 | 이강옥 · 민서희
펴낸이 | 최병윤
펴낸곳 | 행복한마음
출판등록 | 제10-2415호 (2002. 7. 10)

주소 | 서울시 마포구 성미산로 2길 33
전화 | (02) 334-9107
팩스 | (02) 334-9108
이메일 | bookmind@naver.com

ISBN 978-89-91705-49-6

＊인용시 출처를 밝히고 사용하십시오.

＊책값은 뒤표지에 표기되어 있습니다.
＊잘못 만들어진 책은 구입처에서 교환해 드립니다.
＊이 책의 일부는 아모레퍼시픽의 아리따글꼴을 사용해 디자인 됐습니다.

THE ROAD FOR ALOYSIUS MONSIGNOR
Walking from Seoul to Pusan

2020 알로이시오길
서울에서 부산까지 걷는 길

깨학연구소 엮음

도서출판 행복한마음

- 일러두기 -

·표지 디자인 : 김경환
·본문 지도 : Daum지도, Naver지도

가난한 사람들의 아버지
알로이시오 몬시뇰 신부

그를 기억하기 위한 길을
뜻있는 사람들이 만들다

목 차

프롤로그

복지라는 말이 없던 1950~70년 대의 대한민국!! 그 가난한 나라의 가장 가난한 이들에게 가장 좋은 환경을 만들어 주려고 노력했던 사람이 있었습니다. 그리고 그 사람의 꿈은 2021년 현재, 세계 7개국에서 현실이 되었습니다.

가난한 사람이 없는 세상, 그 최소한의 유토피아를 만들기 위해 노력하였던 알로이시오 몬시뇰 신부!! 그가 이 땅 위에 행한 선한 복지사업이 대한민국이라는 이름을 달고 많은 나라의 가난한 사람들에게 희망이 되었으면 좋겠습니다. 그래서 그를 기억하기 위해, 그가 대한민국에 와 처음 이동한 경로를 따라 걷는 길을 만들었습니다. 그 길이 바로 '알로이시오길' 입니다.

앞으로, 알로이시오길이 널리 알려지고 활성화 되어 알로이시오 알파길(ALO. α oad), 알로이시오 베타길(AL. β road), 알로이시오 감마길(AL. γ road, 연대길)이 만들어졌으면 좋겠습니다.

알로이시오 알파길(AL α road)은 알로이시오 몬시뇰 신부와 인연이 있는 나라에 만들어지는 알로이시오길 입니다.

　1) 알 대한민국 길(AL. Korea Road)

2) 알 필리핀 길(AL. Philippines Road)

3) 알 과테말라 길(AL. Guatemala Road)

4) 알 온두라스 길(AL. Honduras Road)

5) 알 브라질 길(AL. Brazil Road)

6) 알 멕시코 길(AL. Mexico Road)

7) 알 탄자니아 길(AL. Tanzania Road)

알로이시오 베타길(AL. β road)은 알로이시오 몬시뇰 신부와 인연이 없는 나라에 만들어지는 알로이시오길입니다. 예를 들어, 프랑스에 알로이시오길이 만들어진다면, 그 길은 알로이시오 프랑스 길이 되고, 베타길이 될 것입니다.

알로이시오 감마길(AL. γ road)은 알로이시오길과 연대(連帶)하는 길을 의미합니다. 만약에 인도에 테레사 수녀를 기억하고자 하는 '테레사 수녀길'이 만들어지고, 그 테레사 수녀길과 알로이시오길이 서로 연대하기로 약속한다면 그 테레사 수녀길은 알로이시오 연대길(알로이시오 감마길)이 될 것입니다.

2021년 2월 3일

깨학연구소 사무국에서

민서희, 깨학연구소장

가난한 사람들의 국토대장정 https://band.us/page/77271694/post	보 도 자 료	
제공일	2020. 10. 9	
문 의	010-1234-0000	행사안내 https://band.us/page/77271694/post/29

가난한 사람이 없는 세상을 꿈꾸며

제1회 알로이시오 길

알로이시오 신부 탄생 90주년 기념 걷기 행사
2020. 10. 9 ~ 10. 23

□ 가경자 알로이시오 몬시뇰 신부 탄생 90주년을 맞아 10월 9일부터 23일까지 총 15일 동안, 서울에서 부산까지 '제1회 알로이시오길' 이라는 릴레이 걷기 행사가 진행될 예정이다.

□ 제1회 알로이시오길은 시민단체 가난한 사람들의 국토대장정(이하 가사국)이 가경자 알로이시오 몬시뇰 신부 탄생 90주년을 맞아, "나의 첫 번째 임무는 가난한 아이들을 돌보는 것"이라며 1957년 당시 세상에서 가장 살기 힘들고 가난한 나라였던 대한민국에 와 가난한 아이들에게 가난하지 않은 환경을 만들어 주기 위해 노력했던, 故 알로이시오 몬시뇰 신부를 기억하기 위해 개최하는 행사이다.

□ 제1회 알로이시오길 걷기 행사는 크게 A코스, B코스, C코스로 나누어 진행되는데 A코스와 B코스를 10일간 동시에 진행한 다음 이어서 5일 동안의 C코스가 진행된다. A코스는 서울 광화문에서 대전역까지 이어진 길이고, B코스는 대전역에서 밀양역까지 이어진 길이며, C코스는 밀양역에서 부산 알로이시오 기념병원까지 이어진 길이다.

한편 알로이시오길 발대식은 10월 9일 오후 1시에, 서울 광화문 광장과 대전역 광장에서 동시에 진행될 예정이었으나, 광화문 광장에서 대규모 집회가 있을 수 있어 혼잡을 피하고 코로나19를 예방하기 위해, 서울역 광장과 대전역 광장에서 동시에 개최하기로 하였다.

□ 제1회 알로이시오길 걷기 행사를 기획한 가사국의 이강옥 대표는 "저는 평소 故 노무현 대통령을 존경해 왔는데, 노무현 대통령이 꿈꾸었던 먹는 거 입는 거 걱정하지 않는, 가난한 사람이 없는 사회를 故 알로이시오 몬시뇰 신부님의 삶 속에서 찾을 수 있겠다는 생각에서 알로이시오길 행사를 개최하게 된 것"이라고 말했다.

□ 아울러 A코스 2구간인 국회의사당길의 대표 깃발주자를 맡은 홍선표 변호사는 "6.25전쟁으로 인해 황폐화된 머나먼 이국땅에서 평생을 가난한 자들과 함께 하시며 버림받은 아이들의 아버지가 되어주신 故 알로이시오 몬시뇰 신부님은, 가난한 자들과 함께 하시며 그들을 위해서라면 관행과 불의와도 맞서 싸우셨으며, 루게릭병으로 고통받으면서도 선종하실 때까지 자신의 소명을 끝까지 놓지 않으셨습니다. 감사하고 또 감사합니다."라고 말했다.

□ 또한, A코스 7구간 전의길 대장을 맡은 정년옥은 "제 나이가 내년이면 70입니다. 故 알로이시오 신부님에 대해서는 가난한 사람들의 아버지라는 것 외엔 별로 아는 것이 없었는데, 알로이시오 신부님 탄생 90주년이 되어서야 그분에 대해 좀 더 알게 되었고, 이제는 더욱 알고 싶어 알로이시오길을 걸으려고 합니다."라고 참가하는 마음을 전했다.[1]

□ 행사문의 : 민서희(010-1234-0000)
　　　　　 - 깨학연구소장, 유라시아길연구소장

---

1) 오른쪽 페이지의 사진은 2020 알로이시오길, 부산길 해단식에서 찍은 사진이다. 깃발에 그려져 있는 남자가. 가난한 이들의 아버지, 알로이시오 몬시뇰 신부이다.

R1

A코스 1구간

광화문길

제1회 알로이시오길, R1 포스터

R1 광화문길 포스터는 아래와 같다.

R1, A1, 광화문길

구간 대장, 김옥선

안녕하세요! 제1회 가난한 사람들의 국토대장정, '알로이시오길' 에 참가하는 A코스 1구간 대장 김옥선입니다. 올해는 소 알로이시오(Aloysius Schwartz, 1930~1992) 신부님이 이 땅에 오신지 90주년이 되는 해입니다.

한평생을 자선과 교육에 헌신하신 알로이시오 신부님께서 걸으셨던 그 길을 따라, 마음이 가난했던 제 자신을 치유하며 세상을 아름답게 바꾸는 일에 동참하려고 합니다.

2020년 10월 9일, 오후 1시 광화문 이순신 동상 앞에서 반갑게 뵙겠습니다. 감사합니다.

김옥선, 2020. 9. 29.

R1, A1, 광화문길

구간 대표주자, 우대성 출사표

나는 당신을 직접 만난 적이 없습니다. 그러나 지금은 누구보다 깊이 내 안에 있습니다.

'가난한 이들의 자립', 그 말을 평생 실천하며 살았던 소 알로이시오(Aloysius Swartz) 신부님!! 1957년 낯

선 땅 한국에 첫발을 내딛으며 가졌던 그 마음을 '수국 마을, 알로이시오 가족센터, 멕시코의 비야 알로이시오' 를 지으며 느끼고 만났습니다. 매일 점심시간, 마라톤으로 당신이 돌보던 아이들과 함께 뛰었던 그 마음을 기억하며 같은 시간에 걸음을 시작합니다. 광화문에서의 첫걸음을 시작하기 전 서울 은평의 당신 동상에 인사를 하고 이 장정을 시작하렵니다. 당신은 일 년, 이 년 그렇게 50년이 넘도록 한 명, 두 명 그렇게 20만 명이 넘는 가난한 이들을 돌보고 자립시켰습니다. 한 발, 두 발 그렇게 실천한 당신의 걸음을 따라 '함께' 걸으며 당신의 소리를 듣겠습니다.

건축가 우대성, 2020. 9. 29.

R1, A1, 광화문길

구간 대표주자, 이성훈 출사표

1. 가난

참으로 투박하고
두려운 길

아무도 찾아주지 않는
신날 것 없는 지독히 외로운 길

그 길 위에 서성이는 이들
그들을 찾아온 발길

가난한 이들의 손을 잡아주고
가난한 이들 가슴에 이야기한다.

2. 검이불루

검소하지만 누추하지 않게
이것조차도 거두어 갈까

두려운 사람들

이들에게 목련 한 그루의
생명을 지키기 위해

집을 틀어 짓는

소 알로이시오 신부님의 사랑을
우리의 한 걸음 한 걸음으로

촘촘히
기억하고 나누려한다.

이성훈, 2020. 10, 8.

기업인 **이성훈**
in the 광화문

2020.10.09(금) 13시

알로이시오 길 [A1]

알로이시오 신부님!
가난한 사람들과 함께 살겠습니다.
당신이 그랬던 것 처럼!

R1, A1, 광화문길

구간 대표주자, 이병록 제독 출사표

1. 평화

육체적 아픔을 견디고
11일 동안 걸어 임진각에
도착했다.

더이상 갈 수 없다는 사실에
가슴이 아파야 한다.

통일은 시간이 걸리더라도
교류왕래는 정치적 문제가 아니고
극히 자연스러운 문제이다.

2. 가난

차별과 편견없는
세상을 만들기 위한

우리의 마음은
오늘도 한 걸음 한 걸음

세상을 향해서
나아간다.

이병록, 2020. 10, 8.

R1, A1, 광화문길

다구간 응원, 한기숙

안녕하세요! 알로이시오 열매 한기숙입니다.

힘든 상황 속에서도 도전하는, 마음이 가난한 사람들의 행복한 여정을 응원하면서, 윤도현의 '가을 우체국 앞에서' 노래를 선물로 드립니다.

10월 9일 광화문에서 반갑게 뵙겠습니다.

한기숙, 2020. 9. 23.

R1, A1, 광화문길

다구간 주자, 한복환 출사표

알로이시오 몬시뇰 신부님께서 하신 일들은, 무언가를 받기 위해 한 것이 아닙니다. 신부님의 바람은 그 저, 신부님의 가난한 아이들이 일반 가정의 아이들처럼 사회에 나가 취직 하고, 자식 낳고, 그렇게 사는 것이었 습니다.

저는, 신부님의 가난한 아이들이 자신 을 알로이시오 열매라고 밝히는 자존 감 있는 행동을 존경합니다. 한 번은 제가 일하는 회사로 들어오는 짐차에 신부님 사진이 붙어 있길래, "저 사진 은 왜 붙이고 다니는 건가요?" 라고, 기사분에게 물어보았습니다. 그랬더 니 그 기사분이 하시는 말씀이 "우리 신부님입니다" 하더군요. 그래서 몇 기냐고 물었더니 6기라고 하였습니다. 6기 최성호 선배님 존경합니다!! 선배님과 같은 마음으로 가난한 사람들의 국토대장정에 참가하겠습니다. 알길 1구간인 광화문길과 마지막 구간인 부산길에 가족들과 함께 참가 하 겠습니다. 10월 9일, 광화문 출정식에서 반갑게 뵙겠습니다.

한복환, 2020. 9. 27.

R1, A1, 광화문길

청년 참가자, 김주희 출사표

마음이 가난한 사람들이, 걷는 행위를 통해 호연지기를 기르고 마음을 충만한 상태로 끌어올려 이 세상이 더욱 행복한 곳이 될 수 있도록 하는 '알로이시오 길', 그 길을 걸을 수 있게 되어 무척 기쁩니다.

'마음이 가난하다' 는 말에는 여러 가지 의미가 있겠지만, 마음이 너~무 부자여서, 이 마음을 많은 사람들에게 나누어 줄 수 있기를 간절히 바라고 있습니다. 저와 함께 걸으며 마음 부자가 되실 분들을 기다리겠습니다. 여러분들과 거리를 두고 마음만은 가까이 함께하며 걷겠습니다. 감사합니다.[1]

김주희, 2020. 9. 23.

---

1) 위 내용은 김주희 참가자의 출사표를 간단히 요약한 것이다.

R1, A1, 광화문길

구간 후기, 허병우 기대장

올해는 알로이시오 몬시뇰 신부님 탄신 90주년이 되는 해이다. 이를 기념하기 위해 제1회 알로이시오길 행사를 계획하고 진행하고 있다. 10월 한달간 진행될 이 행사는 서울에서 부산까지 걷는 대장정으로, 향후 스페인의 산티아고 순례길처럼, 세계적인 알로이시오 순례길이 될 것이다. 알로이시오길은 알로이시오 신부님이 처음 한국에 오셔서 서울에서 부산까지 열차로 이동한 궤적을 따라 걷는 순례길이다.

오늘은 그 첫째 날로 서울역에서 국회의사당까지 친구들과 함께 걸으며 신부님으로부터 받은 은혜에 조금이나마 성의를 표할 수 있어서 너무 좋았다. 필리핀 졸업생들도 8명이나 참가하여 국제적인 행사가 되었으며, 코로나 사태가 끝나면 필리핀에도 알로이시오길을 만들어 보는게 나의 꿈이다. 행사후, 친구들과 필리핀 졸업생들에게 맛있는 저녁을 대접해준 덕은개발 박남신 대표님께 고맙다는 말을 남기며 줄인다.

허병우, 2020. 10. 10.

R1, A1, 광화문길

광화문길에 대한 단상

알로이시오길은 역에서 출발하여 역을 따라 걷다가 역에서 하루 일과를 마치게 된다.

A코스 1구간인 광화문길은 광화문 이순신 동상 앞에서 국회의사당까지 이어진 길이다. 그래서 그 출발지를 가져와 광화문길이라고 한다.

광화문에서 국회의사당까지는 약 14.5km이며, 총 16개의 거점이 있다. 아래는 출발점인 광화문역에서 도착점인 국회의사당까지, 각 거점을 지나가는 순서대로 적은 것이다. 거점을 달리 꼭지라고 한다.[2]

1. 광화문역, 이순신장군 동상 앞
2. 서울시청역, 3번 → 2번 → 1번 → 8번 출구
3. 대한문
4. 남대문(숭례문, 崇禮門)
5. 서울역, 2번 → 1번 출구
6. 숙대입구역, 10번 → 9번 → 8번 → 7번 출구
7. 삼각지역, 9번 → 8번 → 5번 → 4번 출구

---

2) 거점을 꼭지라고 처음 쓴 사람은 신호준이다. 알길에서는 지원차량과 구간 대장 그리고 팀대장이 무전기로 소통한다. 이때 행사를 서로 원만하게 진행하기 위해서 자기의 위치를 "노량진역과 대방역 사이" 라고 하거나, "조금 전에 4, 5, 6 거점을 지나갔다" 고 알려줄 수 있다.

광화문역(光化門驛, Gwanghwamun station)은 서울특별시 종로구 세종

▲ 광화문 이순신 장군 동상 앞, Photo by 민서희

로에 있는 수도권 전철 5호선의 지하철역으로, 병기역명은 세종문화회관역(世宗文化會館驛)이다.[3]

광화문 이순신동상 앞에서 출발하는 시각은 오후 1시이다. 구간 대장과 팀대장은 1시간 일찍 와서 참가자들의 접수를 받아야 한다. 참가자들도 되도록 1시간 일찍 와서 참가 접수를 하고 알티 즉 알로이시오길에서 입는 티셔츠로 갈아 입는 것이 좋다.[4]

참고로, 2020년에는 광화문에서 출발하지 못하고 서울역에서 출발하였다. 그 이유는, 8.15 광화문 집회 이후 코로나19 확진자가 폭증하였기에, 혹 있을 10월 9일 광화문 집회를 막기 위해, 경찰이 광화문 광장과 서울시청 일대를 봉쇄함에 따라 부득이하게 가장 가까운 역인 서울역에서 출발하게 되었다.

서울시청역은 서울시청 앞에 있기 때문에 흔히 시청역(市廳驛, City Hall station)이라고 불리고 있다.

시청역의 위치는 대한민국 서울특별시 중구 태평로1가와 태평로2가와 정동과 서소문동에 걸쳐 있다. 시청역은 수도권 전철 1호선과 서울 지하철 2호선이 지나는 환승역이다.[5]

---

3) 『위키백과』
4) 앞 페이지에 있는 그림은, 2020 평화로 가는 길 9구간에서 찍은 사진이다.
5) 『위키백과』

▲ 서울시청, Photo by 김오균

대한문(大漢門)은 덕수궁의 정문으로, 서울시청역 2번 출구와 1번 출구 사이에 있다. 원래 경운궁의 정문은 덕수궁 남쪽 중화문 건너편에 있던 인화문(仁化門)이었다. 1904년 화재 이후 1906년 중화전 등을 재건하면서 동쪽의 대안문(大安門)을 동년 4월 25일 대한문(大漢門)으로 이름을 고치고 궁의 정문으로 삼았다.

서울시청 앞 광장 쪽으로 동향하고 있는 현재의 대한문은 잦은 도로 확장 등으로 위치가 수차례 옮겨졌다. 원래 위치는 지금의 태평로 중앙선 부분이었다고 한다. 대한문은 정면 3칸, 측면 2칸의 평면에 다포식 우진각지붕으로 공포가 화려하다.

대한문은 경희궁의 정문인 흥화문과 함께 단층이다. 지금은 기단과 계단이 묻혀 있고, 소맷돌을 별도로 노출해 놓았다. 대한문 앞에서는 매일 세 번씩 왕궁수문장 교대의식이 치러지며, 한국어를 비롯해 일본어, 영어 등의 외국어로 교대의식에 대한 설명방송이 진행된다.[6]

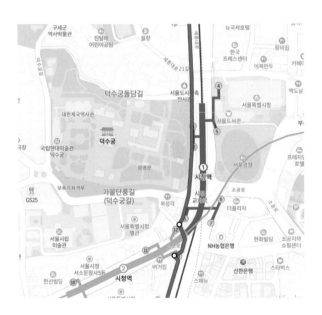

남대문(南大門)은 조선 초기부터 숭례문(崇禮門)을 다르게 부른 별명인데, 숭례문은 조선의 수도였던 한양의 4대문(大門) 중 하나로 남쪽에 있는 대문이다.[7] 알로이시오길에서는 남대문 옆을 직접 지나가지는 않고, 길 건너편을 지나간다.

---

6) 『위키백과』
7) 『위키백과』

▲ 남대문, Photo by 김오균

서

울역(서울驛, Seoul station)은 서울특별시 용산구와 중구에 위치한 철도역이다. 경부선과 경의선이 이 역을 기점으로 뻗어 있으며, 경부고속철도와 경부선 계통의 열차가 출발하는 중추역의 역할을 하고 있다.

▲ Photo by 김주희

서울역 동부에는 수도권 전철 1호선과 4호선이, 서부에는 인천국제공항철도가 지하로 통과하고 있다. 서울역의 현 건물은 2003년에 개장한 민자역사이며, 옛 건물은 '문화역서울 284' 라는 이름으로 보존되어 있다.[8]

서울역은 광화문길 첫 번째 휴식 장소이다. 다음 그림에 있는 지점에서 기념 촬영하고 쉬어 간다. 화장실은 계단 위 2층에 있다. 지원차량은 걷는

---

8) 『위키백과』

일행보다 먼저 움직여 서울역 주차장에 주차한 다음 걷는 일행을 맞이하는 것이 좋다. 2020년에는 아래 지도의 도착 지점에서 발대식을 하고 출발하였다.

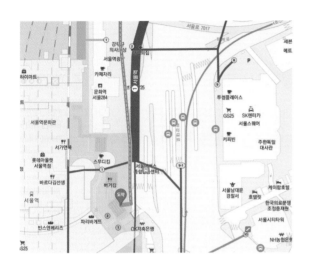

▲Photo by 김오균

숙대입구역(淑大入口驛, Sookmyung Women's University station)은 서울특별시 용산구 한강대로에 위치한 수도권 전철 4호선의 전철역이다. 병기 역명은 갈월역(葛月驛)이다.[9]

삼각지역(三角地驛, Samgakji station)은 서울특별시 용산구 한강로1가에 있는 수도권 전철 4호선과 서울 지하철 6호선의 환승역이다.[10]

삼각지역에서 신용산역으로 갈 때는 위 그림과 같이 이동한다. 지원차량은 오른쪽으로 우회전하면 안 되고, 직진하여 오른쪽 길가에 잠시 정차하면서 일행을 기다리는 것이 좋다.

---

9) 『위키백과』
10) 『위키백과』

신
용산역(新龍山驛, Sinyongsan station)은 서울특별시 용산구 한강대로에 있는 수도권 전철 4호선의 전철역이다.[11]

알로이시오길에서는 신용산역 5번 출구를 지나 아래 그림의 도착 지점까지 간다.

용
산역(龍山驛, Yongsan station)은 서울특별시 용산구 한강로3가에 있는 경부선과 경원선의 철도역으로 호남선, 전라선, 장항선 일반 열차와 KTX가 출발하는 역이다. 공식적으로는 경부선 상의 역이지만 경부선 계열의 열차들은 전부 이 역을 통과하며, 이 역에 정차하는 열차들은 전부 호남선 계열의 열차들이다.[12]

---

11) 『위키백과』
12) 『위키백과』

용산역은 광화문길 두 번째 휴식 장소이다. 신용산역 5번 출구에서 용산역으로 이동할 때에는 아래 그림과 같이 움직인다.

용산역에서 기념 촬영하고 잠시 쉬어 가는데, 화장실은 계단 위 2층에 있다.

▲ Photo by 김주희

용산역에서 출발하여 한강대교로 갈 때에는 아래 그림과 같이 이동한다.

<big>한</big>강대교(漢江大橋)는 서울특별시 용산구 한강로와 동작구 본동을 잇는 다리이다. 한강에 놓인 최초의 도로 교량으로, 1917년 개통된 뒤 몇 차례의 수난을 거쳐 지금에 이르고 있다.

다리 중간 지점 아래에는 노들섬이 있다. 과거에는 국도 제1호선이 이 다

리를 통하여 서울로 연결되었었다.¹³⁾

▲ 한강대교, Photo by 김주희

노들역(노들驛, Nodeul station)은 서울특별시 동작구 본동에 위치하고 있는 서울 지하철 9호선의 기차역이다.

노들역에서는 일반 열차만 정차한다. 노들역과 용산역 사이에는 한강대교가 있고, 중간쯤에 노들섬이 있다.¹⁴⁾

---

13) 『위키백과』
14) 『위키백과』

노량진역(鷺梁津驛, Noryangjin station)은 서울특별시 동작구 노량진동에 있는 수도권 전철 1호선과 서울 지하철 9호선의 환승역이다.[15]

▲ 노량진역, Photo by 김주희

---

15) 『위키백과』

대방역(大方驛, Daebang station)은 서울특별시 영등포구 신길동 및 동작구 대방동에 걸쳐 있는 수도권 전철 1호선의 전철역이다. 1974년 8월 15일 처음 개통할 당시, 관악구 대방동에 속했기 때문에 역이름이 그렇게 정해졌다. 앞으로 2022년 서울 경전철 신림선이 개통되면 환승역이 될 예정이다.[16]

신길역(新吉驛, Singil station)은 서울특별시 영등포구 신길동과 영등포동1가에 있는 수도권 전철 1호선과 수도권 전철 5호선의 환승역이다.[17]

▲ Photo by 김주희

---

16) 『위키백과』
17) 『위키백과』

샛

강생태문화다리(이하 샛강다리)는 신길역 2번 출구에서 여의도 광장아파트 쪽으로 놓여있는, 여의도의 샛강 생태공원을 가로지르는 인도교이다.

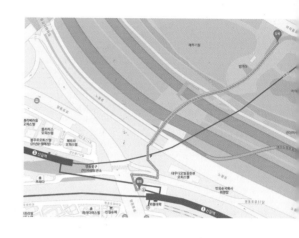

샛강다리 끝에서 아래와 같은 사진을 찍고, 뒤로 물러났다가, 오른쪽 오른쪽으로 돌아 내려간 다음, 샛강 산책로를 따라 국회의사당 부근까지 가서 계단을 따라 올라간다.

▼ 샛강생태문화다리에서, Photo by 민서희

국회의사당(國會議事堂, National Assembly)은 대한민국의 국회의원들이
모여 회의를 하고 법을 만드는 곳으로, 도로명 주소는 서울특별시 영등포
구 의사당대로 1이고, 지번 주소는 여의도동 1번지이다.[18]

광화문길의 종착지는 다음 그림과 같이 국회의사당 정문이다. 국회의사당
에서 기념 촬영을 하고, 뒤풀이 장소로 이동한다.

18) 『위키백과』

알길에서의 뒤풀이는 선택 사항이니 참가할 사람만 참가하면 된다. 2020
년에는 코로나19 유행으로 인해 뒤풀이를 생략하였다.[19]

---

19) 샛강다리를 바닥까지 돌아 샛강을 따라 걷다 국회의사당 정문으로 가는 길을
   개척한 사람은 이병록 제독이다. 그래서 이 부분을 제독길이라고 한다. 이책
   58~59쪽에는 제독길을 걷고 있는 사진이 있다.

R1, A1, 광화문길

광화문길 1팀, 그림으로 보기

▲ Photo by 김주희

R1, A1, 광화문길

광화문길 2팀, 그림으로 보기

▲ Photo by 김주희

R1, A1, 광화문길

광화문길 3팀, 그림으로 보기

▲ Photo by 다비치

R1, A1, 광화문길

광화문길 4팀, 그림으로 보기

▲ Photo by 유명희

R1, A1, 광화문길

광화문길을 만든 사람들

김미정, 김수영, 김옥선, 김윤식, 김주희, 김혜영, 손희순, 민서희, 박남신, 박혜숙, 배난주, 신건식, 우대성, 우재민, 유명희, 이병록, 이성훈, 이시헌, 이정희, 이종구, 장제셀, 장철원, 조갑순, 최영순, 최윤정, 한기숙, 허병우, 현영미, ALI, DONNA, Geraldine, Jahan, Michael, Sooae.

▲ Photo by 김주희

우리가 '의

이것도 고난

'고난 뒤에

함석헌 선생

R2

A코스 2구간

국회의사당길

제1회 알로이시오길, R2 포스터

R2 국회의사당길 포스터는 아래와 같다.

R2, A2, 국회의사당길

구간 대표주자, 홍선표

알로이시오 슈월츠 신부님, 당신은 6.25 전쟁 후 황폐화된, 머나먼 이 국땅으로 와 평생을 가난한 자들과 함께 하시며 버림받은 아이들의 아버지가 되어주셨습니다.

당신은 가난한 자들과 함께 하시며 그들을 위해서라면 잘못된 관행과 불의와도 맞서 싸우셨습니다. 당신은 루게릭병으로 고통받으면서도 선종하실 때까지 자신의 소명을 끝까지 다 하셨습니다. 감사합니다. 감사합니다. 당신의 사랑과 헌신에 따른 선한 영향력은 다른 사람에게 이어져, 故 이태석 신부에 의하여 저 멀리 아프리카 땅에까지 미쳤으며, 긴 시간을 두고 이어져 현재 우리들의 발걸음에까지 미치고 있습니다.

이제 우리는 사람으로 땅으로 시간으로 이어지는 당신의 모든 것을 기억하며 우리의 한 발자국 한 발자국을 내딛고자 합니다. 우리는 가난을 팔지도 않을 것이며 우러러보지도 내려다보지도 않을 것입니다.

우리는 오직 당신이 지켰던 맑은 가난의 마음을 이을 것이며 그 마음을 지키며 기꺼이 가난한 자들과 함께할 뿐입니다. 감사합니다! 알로이시오 몬시뇰 신부님!!

홍선표, 2020. 10. 8.

▲ Photo by 김주희

R2, A2, 국회의사당길

국회의사당길에 대한 단상

국회의사당길은 역에서 출발하여 역을 따라 걷다가 역에서 하루 일과를 마치게 된다.

A코스 2구간인 국회의사당길은 국회의사당역에서 금정역까지 이어진 길이다. 그래서 그 출발지를 가져와 국회의사당길이라고 하고, 간단히 국회길이라고 한다.

국회의사당에서 금정역까지는 약 20.5km이며, 총 15개의 거점이 있다. 아래는 출발점인 국회의사당역에서 도착점인 금정역까지, 각 거점을 지나가는 순서대로 적은 것이다.

1. 국회의사당역, 3번 출구
2. 여의도공원
3. KBS 본관
4. 영등포역, 3번 출구
5. 신도림역, 1번 출구
6. 구로역, 3번 출구 앞 광장
7. 가산디지털단지역, 1번 출구
8. 독산역, 1번 출구
9. 금천구청역, 1번 출구 → 후문
10. 안양천

11. 석수역, 2번 → 1번 출구

12. 관악역, 1번 출구

13. 안양역, 1번 출구

14. 명학역, 1번 출구

15. 금정역, 7번 출구

국회의사당에 도착할 때는 국회의사당이 바라보이는 정문쪽으로 가지만, 국회의사당에서 출발할 때는 아래 그림과 같이 국회의사당역 3번 출구 앞에 모였다가 출발하는 것이 좋다.

▼ 국회의사당역 3번 출구, Photo by 김주희

그 이유는, 국회의사당 6번 출구에서 모이는 것보다는 3번 출구에서 모이는 것이 여러모로 장점이 있기 때문이다. 3번 출구에서 출발하면, 나무 그늘이 있고 작은 공원 같은 분위기와 여러 개의 긴 의자가 있어서 작은 책상을 그 의자 앞에 놓으면 참가자를 접수하는 데 편리하고, 지원차량을 잠시 정차시키고 물품을 오르내리기에도 좋다. 그리고 지하에 있는 화장실에 가는 것도 국회의사당쪽 6번 출구보다 유리하다.

여의도 공원(汝矣島 公園)은 서울특별시 영등포구 여의도동에 있는 공원이다.

이곳은 대일항쟁기때[1] 일본에 의해 활주로와 비행장이 만들어졌고, 1949년부터 공군기지로 사용되다가, 5.16 광장이 1971년 2월 착공되고 9월 완공되어 사용되다가, 5공화국 때는 여의도 광장으로 불리었고, 1999년 7월 5일 여의도 공원으로 새단장 되어 오늘에 이르고 있다.[2]

1957년 12월 8일, 27세의 알로이시오 신부가 일본 하네다 공항을 경유하여 노스웨스트 항공기를 타고, 2시간 정도를 날아 처음 대한민국에 도착한 곳이 바로 여의도 공항(현 여의도공원)이었다.[3]

---

1) 일본 중심의 일제강점기보다는, 대일항쟁기가 더 우리 중심적이고 주체적이어서 좋은 것이 아닌가 하는 생각이 든다.

2) 『위키백과』

3) 『가장 가난한 아이들의 신부님』소 알로이시오 신부 지음, 박우택 옮김, 경기도 2009, 책으로여는세상. 16쪽.

한국방송공사(韓國放送公社, KBS, Korean Broadcasting System)는 대한민국 대표 공영방송으로, 본사는 서울특별시 영등포구 여의공원로 13에 위치하고 있다.[4]

▲ Photo by 민서희

위 사진은 2020년 7월, 걷는 유라시아길을 만들기 위해 먼저 가능한, 대한민국 바탕길 중 일부인 서울과 경기지역을 답사하던 중 KBS 본관 앞에서 찍은 사진이다.

---

4) 『위키백과』

유라시아길 중 대한민국 바탕길은 부산역에서 도라산역까지인데, 알로이시오길을 조금 확장하면 대한민국 바탕길이 되고, 더 확장하면 유라시아길이 된다. 걷는 유라시아길은 대한민국 부산에서 영국 에든버러까지 이어진 길이다.

영등포역(永登浦驛, Yeongdeungpo station)은 서울특별시 영등포구 영등포동에 있는 경부선의 철도역이며, 수도권 전철 1호선의 전철역이다. 서울특별시의 중추역 중 하나로, 서울 서남권의 수요를 담당한다. 역 건물은 롯데건설이 건설한 민자역사로, 역사 내에 롯데백화점이 있다. 추후 신안산선이 개통되면 환승역이 될 예정이다.[5]

▲ Photo by 김주희

---

5) 『위키백과』

영등포역은 국회의사당길 첫 번째 휴식 장소이다. 영등포역에서의 주차는 어려우니 지원차량은 신세계백화점 뒤 이마트 쪽에 주차하고 걷는 일행을 잠시 기다리는 것이 좋다. 역 화장실은 계단 위 2층에 있다.

신

도림역(新道林驛, Sindorim station)은 서울특별시 구로구 신도림동에 있는 수도권 전철 1호선과 서울 지하철 2호선, 서울 지하철 2호선 신정지선의 환승역이다. 서울 지하철 2호선, 본선은 신도림역부터 영등포구청역까지, 신정지선은 신도림역부터 까치산역까지가 지하 구간이다.[6] 영등포역에서 신도림역까지는 약 1.6km로 그리 멀지 않기 때문에 알로이시오 길에서는 그냥 지나가도 된다. 아래 그림은 영등포역에서 신도림역까지의 이동 경로이다.

---

6) 『위키백과』

구로역(九老驛, Guro station)은 서울특별시 구로구 구로동에 있는 수도권 전철 1호선의 전철역이다. 수도권 전철 1호선이 운행되며 이 역에서 구로차량사업소로 향하는 구로기지선이 나누어진다.[7]

국회의사당길 두 번째 휴식 장소는 구로역 광장이다. 광장에는 주차장이 없다. 구로역 뒤쪽 1번 출구에는 주차장이 있는데, 지원 차량이 주차하기에는 무리가 있다. 그냥 길가에 잠시 정차하는 것이 좋겠다는 생각이다. 유치원 셔틀버스도 구로역 광장 앞의 유턴하는 곳 조금 앞, 아래 사진이 보이는 곳, 큰 길 옆에 정차하곤 한다.

▲ 구로역, Photo by 김주희

구로역 광장에는 알길에서 첫 번째로 만나는 평화의 소녀상이 있다. 구로

---

7) 『위키백과』

역에 있는 평화의 소녀상 위치는, 아래 사진을 통해 파악할 수 있다.

▲ 구로역 광장, Photo by 김영민

구로역 화장실은 구로역 2층에 있는데, 구로역 광장에서 화장실까지는 생각보다 가까운 거리가 아니다. 구로역 광장에서 화장실에 갈 때는, 구로역을 바라보고 왼쪽에 있는 스타팰리스오피스텔 1층에 있는 화장실을 사용하면 시간을 절약할 수 있다.

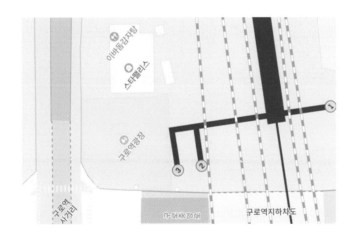

구로역을 출발하면, 아래 지도와 같이 이동한다.

고대구로병원 교차로에서 오른쪽으로 돌아 횡단보도를 건너 왼쪽 길로 가산디지털단지역까지 가야 하는데, 좀 어렵다. 즉 대각선 방향에 개성면옥이 나오면 아래와 같이 이동한 다음 왼쪽길로 가야 한다. 아래 그림에 있는 사이길로 가는 것도 좋은 방법이다.

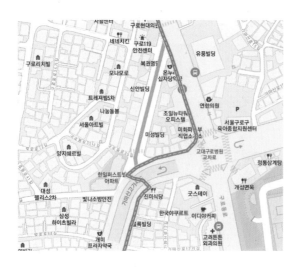

가

산디지털단지역(加山디지털團地驛, Gasan Digital Complex station)은 서울특별시 금천구 가산동에 있는 수도권 전철 1호선과 서울 지하철 7호선의 환승역이다. 1974년 처음 역을 개통할 당시에는 역 일원이 영등포구 가리봉동에 속하여 있었기 때문에 가리봉역(加里峰驛)이었다.

이후 1995년 행정 구역이 금천구 가산동으로 분할된 이후에도 가리봉역은 계속 유지되었으나, 역 주위가 디지털 정보통신 산업 중심지로 변화함에 따라 2005년 7월 1일에 가산디지털단지역으로 역명을 변경하였다.[8]
아래 사진은 평화로 가는 길에서 찍은 가산디지털단지역 사진이다.

---

8) 『위키백과』

▲ 2020 평화로 가는 길, Photo by 민서희

독

산역(禿山驛, Doksan station)은 서울특별시 금천구 가산동과 독산동에 걸쳐 위치한 수도권 전철 1호선의 전철역이다. 부기역명은 하안동입구이다. 이는 인근 안양천을 경계로 경기도 광명시 하안동과 매우 가까이 인접하고 있기 때문이다.[9] 점심은 홈플러스 옆 롯데시네마 건물에서 먹고, 주차는 홈플러스 지하에 한다.

이를 감안하여 '2021 알로이시오길' 부터는 왼쪽 그림의 경로를 따라 구로역에서 남구로역 4번 출구를 경유하여, 롯데시네마 건물에서 점심 식사를 하고, 잠시 쉬었다가 금천구청역으로 이동하면 좋을 것이다. 가산디지털단지역과 독산역으로 가면 점심 먹을 만한 곳이 없고, 번잡하다.

금

천구청역(衿川區廳驛G eumcheon-gu Office station)은 서울특별시 금천구 시흥동에 있는 수도권 전철 1호선의 철도역이다. 1908년 4월 1일 처음 개통할 때는 시흥역(始興驛)이었는데, 경기도 시흥시에 있는 역으로 오해되는 등의 문제가 있던 중, 역 앞에 금천구청이 들어서자, 2008년

---

9) 『위키백과』

12월 29일 금천구청역으로 변경하였다.[10]

금천구청역 화장실은 1번 출구 왼쪽에 있으며, 길 건너편에 있는 금천구청에서는 1년 365일 화장실을 개방하고 있으니, 금천구청 화장실을 이용하는 것도 좋다. 다음 사진은 금천구청역 앞쪽에서 찍은 사진이다.

▲ 2020 평화로 가는 길, Photo by 민서희

알길에는 역을 따라가는 역코스와 천을 따라가는 천코스가 있다. 비가 오는 날이 아니라면, 금천구청에서 석수역까지는 금천구청역 뒤쪽으로 나가 안양천을 따라 걷다 석수역 2번 출구로 가는 길이 빠르고 좋다.

10) 『위키백과』

▲ 2020 평화로 가는 길, Photo by 홍성미

금천구청역 뒤쪽의 안양천 길을 제안하고 걸은 사람은 백암 김오균이다. 그래서 이 하천코스를 백암길이라고 한다. 위 그림이 2020 평화로 가는 길에서 걸은 백암길 사진이다.

석

수역(石水驛, Seoksu station)은 경기도 안양시 만안구 석수동에 있는 수도권 전철 1호선의 전철역이다. 역의 위치는 서울특별시 금천구 시흥동과 가깝지만, 역사의 공식적인 위치가 경기도 안양시에 있는 관계로 서울 시내용 수도권 전철 정기권은 사용할 수 없다. 신안산선이 생기면 이 역이 서울 최남단역이 될 예정이고, 급행도 정차할 예정이다.[11]

---

11) 『위키백과』

관악역(冠岳驛, Gwanak station)은 경기도 안양시 만안구 석수동에 위치한 수도권 전철 1호선의 전철역이다.

1974년 8월 15일에 수도권 전철 1호선의 개통과 함께 개시했으며, 역명은 인근의 관악산에서 따온 것으로, 서울시 관악구와 직접적 관련이 없다. 부기역명은 안양예술공원이고, 인근에 안양유원지가 있다.[12]

12) 『위키백과』

▲ Photo by 김주희

안양역(安養驛, Anyang station)은 경기도 안양시 만안구 안양동에 있는 경부선의 철도역이다. 일부 무궁화호와 수도권 전철 1호선의 모든 열차가 정차한다.

역은 엔터식스 2층 통로와 연결되어 있으며 인근에 대림대학교, 연성대학교, 안양대학교, 안양1번가, 이마트 안양점 등이 있다. 향후 월곶~판교선이 개통되면 환승역이 될 예정이다.[13]

13) 『위키백과』

▲ 안양역, Photo by 김주희

명학역(鳴鶴驛, Myeonghak station)은 경기도 안양시 만안구에 위치한 수도권 전철 1호선의 전철역이다. 부역명은 성결대학교(聖潔大學校)로, 인근에 성결대학교가 위치하고 있다.[14]

금 정역(衿井驛, Geumjeong station)은 경기도 군포시 금정동과 산본동에 있는 수도권 전철 1호선과 수도권 전철 4호선의 환승역이다. 수도권 전철 1호선 최초 개통 당시에는 영업하지 않았으나, 안산선 개통과 동시에 영

---

14) 『위키백과』

업을 개시하였다. 수도권 전철 4호선은 이 역부터 오이도역까지 지상 구간으로 펼쳐져 있다.[15)]

지원차량은 6번 출구 쪽에 있는 공영주차장 입구로 들어와 7번 출구 쪽으로 이동하여 아래 사진의 배경이 보이는 곳에 주차하면, 물품을 오르내리기 용이하다. 화장실은 계단을 올라가 좀 멀리 이동해야 한다.

금정역 7번 출구 주위에는 음식점이 많이 있다. 뒤풀이를 원하는 사람이 있으면 좋은 시간을 보낼 수 있을 것이다.

───────────────

15) 『위키백과』

▲ 금정역, Photo by 김주희

R2, A2, 국회의사당길

국회의사당길을 만든 사람들

김주희, 민서희, 배난주, 사영애, 조갑순,
최유림, 한복환, 허 용, 홍선표.

▲ Photo by 김주희

R3

A코스 3구간

금정길

제1회 알로이시오길, R3 포스터

R3 금정길 포스터는 아래와 같다.

R3, A3, 금정길

금정길에 대한 단상

알로이시오길은 역에서 출발하여 역을 따라 걷다가 역에서 하루 일과를 마치게 된다.

A코스 3구간인 금정길은 금정역에서 병점역까지 이어진 길이다. 그래서 그 출발지를 가져와 금정길이라고 한다.

금정역에서 병점역까지는 약 22.5km이며, 총 9개의 거점이 있다. 아래는 출발점인 금정역에서 도착점인 병점역까지, 각 거점을 지나가는 순서대로 적은 것이다.

1. 금정역, 7번 출구
2. 군포역, 1번 출구
3. 당정역, 3번 → 1번 출구
4. 의왕역, 1번 출구
5. 성균관대역, 1번 출구
6. 화서역, 1번 출구
7. 수원역, 4번 또는 1번 출구
8. 세류역, 1번 출구
9. 병점역, 1번 출구

금

정역에는 총 8개의 출구가 있다. 이 중 알길에서 출발하는 장소는 7번 출구 앞이다. 참가자들은 오전 8시 30분까지 와서 접수하고 출발 준비를 하여야 한다.

지원차량은 금정역 6번 출구 쪽에 있는 공영주차장 입구로 들어와 7번 출구 쪽까지 이동하여 주차하면, 물품을 오르내리기 용이하다.

▲ 금정역 7번 출구, Photo by 김주희

7번 출구 주위에는, 아침 일찍부터 문을 여는 식당이 여럿 있으니 일찍 오는 참가자들은 이곳에서 아침 식사를 하면 좋을 것이다. 금정역 화장실은 멀리 있는 관계로 계단을 올라가 이동하여야 한다.

▲ 군포항일만세운동기념탑, Photo by 김주희

군

포역(軍浦驛, Gunpo station)은 경기도 군포시 당동에 있는 수도권 전철 1호선의 철도역이다. 과거에는 통일호가 정차하는 기차역이었고 그 흔적이 지금도 남아 있다. 부역명은 지샘병원이다.[1]

군포역 앞에는 위 그림과 같은 11m 높이의 항일만세운동기념탑이 있다. 이곳에서 조국의 독립과 자유 그리고 평화를 외쳤던 분들에게 잠시나마 묵념하고 추념하는 시간을 갖는 것도 좋을 것이다.

---

1) 『위키백과』

▲ Photo by 김영민

군포역을 지나 당정역으로 가는 길에는 왼쪽으로 산책길이 있다. 그 산책길로 걸으면 그늘이 져 걷기가 한결 수월할 것이다.

당정 역 (堂 井 驛 , Dangjeong station)은 경기도 군포시 당정동에 있는 수도권 전철 1호선의 전철역으로, 부기 역명은 한세대이다.[2] 당정역 3번 출구 앞에는 당정근린공원이 있고, 그 안에는 알길에서 두 번째로 만나는 평화의 소녀상이 있는데, 이 책 105~107쪽에

▲ 당정역, Photo by 김주희

2) 『위키백과』

▲ Photo by 김주희

서 확인할 수 있다. 지원 차량은 걷는 일행보다 먼저 3번 출구 앞 당정 근린공원 옆에 있는 주차장에 주차하는 것이 좋다. 주차비는 유료이다. 당정역근린공원에서 사진 찍고 잠시 쉰 다음, 당정역 2층에 있는 화장실을 들러 1번 출구로 나가서 인원 파악한 다음 의왕역을 향해 출발한다. 의왕역까지의 경로는 아래 그림과 같다.

앞 그림에서, 중간 조금 못 간 부분에 x 표시한 곳은 사람이 다니는 인도가 없는 곳이다. 지원차량이 보호를 하고 걷는 사람도 긴장하고 걸어야 하는 곳이다.

인도 없는 부분을 지나면, 아래 사진과 같은 굴다리가 나온다. 깃발을 세우고 걸을 수 없을 것이다. 그나마 다행인 것은, 굴다리 내부 오른쪽으로 좁은 인도가 있다는 것이다.

▲ Photo by 김영민

의

왕역(義王驛, Uiwang station)은 경기도 의왕시 삼동에 있는 경부선과 남부화물기지선의 철도역이다. 부기역명은 한국교통대학교이다. 주된 업무는 화물열차 및 수도권 전철 1호선 여객 취급이다.[3]

▲ Photo by 김영민

▲ Photo by 김영민

의왕역에는 주차장이 없다. 지원차량은 의왕역 전에 적당한 곳에 정차하는 것이 좋다. 화장실은 2층에 있다.

---

3) 『위키백과』

성균관대역(成均館大驛, Sungkyunkwan University station)은 경기도 수원시 장안구 율전동에 있는 경부선의 전철역으로, 수도권 전철 1호선이 운행된다.

처음에는 율전역(栗田驛)이었으나, 인근 성균관대학교 자연과학캠퍼스의 요청으로 역명이 변경되어 오늘에 이르고 있다.[4]

알길에서는 성균관대역 주위에서 점심을 먹는다. 차량은 일찍 점심 식사 자리로 이동하고, 걷는 일행은 4번 출구 전에 있는, 아래 왼쪽 그림의 통로로 내려 간 다음, 아래 오른쪽 그림에 있는 굴다리를 지난다.

▲▼ Photo by 김영민

---

4) 『위키백과』

▲ Photo by 김영민

2020년에는 위 그림의 A에 있는 청진동 해장국집에서 점심을 먹었다. 사장님이 친절하고 맛도 좋았다. 후식으로 주는 커피는 꿀맛이었다.

점심 식사후 성균관대역에서 화서역 가는 길은 대부분 아래와 같은 분위기의 길이다.

▲ Photo by 김영민

화서역(華西驛, Hwaseo station)은 경기도 수원시 팔달구 화서동에 있는 수도권 전철 1호선의 전철역이다. 향후 신분당선 연장선이 개통되면 환승역이 될 예정이라고 한다.[5] 화서역 유료주차장은 서울 올라가는 방향에 있는데, 굉장히 크다.

▲ Photo by 김주희

수원역(水原驛, Suwon station)은 경기도 수원시 팔달구 매산로1가에 있는 경부선, 분당선, 수인선의 철도역이다. 전철은 수도권 전철 1호선이 경부선에서, 수도권 전철 수인분당선이 분당선과 수인선에서 운행된다.[6]

---

5) 『위키백과』
6) 『위키백과』

▲ 수원역, Photo by 김영민

현재의 역사는 민자역사로서 AK플라자 수원점이 영업 중이다. 새마을호, 무궁화호를 포함한 모든 여객 열차가 정차하며, 2010년 11월 1일부터는 KTX도 하루 왕복 4편성으로 정차하고 있다.[7]

지원차량의 경우 주차가 쉽지 않다. 그나마 여러 여건을 감안했을 때 AK 플라자 유료주차장에 주차하는 것이 좋다. 차량이 썬루프에 깃발을 한 경

---

7) 『위키백과』

▲ 수원역, Photo by 김주희

우에는 깃발을 내려야 하는 단점이 있고 주차를 위한 소요시간이 많이 든다는 점 역시 단점이다.

주차를 하기 위해서는 걷는 일행보다 먼저 와서 주차를 한 다음 1번 출구나 4번 출구에서 일행을 기다리는 것이 낫다. 주차요금은 서울에 비해 반값 정도이다. 그리고 수원역 화장실은 2층에 있다.

세류역(細柳驛, Seryu station)은 경기도 수원시 권선구 장지동에 위치하고 있는 수도권 전철 1호선의 철도역이다. 인근에 수원공군기지가 있다.[8] 세류역 오른쪽에는 주차장을 만들려고 공사를 하다 중단된 상태의 건물이

---

8) 『위키백과』

있을 뿐 따로 주차장이 없다. 지원차량은 좀 일찍 와서, 세류역 입구 택시 정차하는 곳 못가서 적당한 곳에 잠깐 정차하는 것이 좋다. 그리고 세류역 화장실은 1층 입구 들어가 바로 왼쪽에 있어서 사용하기 편리하다.

병점역(餅店驛, Byeongjeom station)은 경기도 화성시 진안동에 있는 경부선과 병점기지선의 전철역으로 현재 수도권 전철 1호선이 운행된다. 부기역명은, 인근의 한신대학교에서 유래한, 한신대이다. 서울교통공사 소속 전동차는 이 역 이후 병점기지선을 통해 서동탄역으로 운행하며, 이 역 이남으로 내려가는 일은 없다. 이러한 이유는 한국철도공사와의 협의 및 국토교통부의 고시 때문이다.[9]

---

9) 『위키백과』

▲ 병점역 광장, Photo by 김주희

지원차량은 병점역 1번 출구 오른쪽에 있는 유료주차장을 이용하면 좋다. 일요일과 국가 지정 휴일에는 무료이다. 그리고 병점역 화장실은 계단 올라가 2층에 있다.

▲ Photo by 네이버 로드뷰

병점역에는 많은 인원이 편안히 저녁 식사를 할 만한 곳이 없다. 인원이 많지 않다면, 병점역 1번 출구를 등지고 오른쪽 첫 번째 횡단보도 맞은편에 있는, 동네방네 식당을 추천한다. 음식이 빨리 나오고 맛도 있었다.

R3, A3, 금정길

금정길을 만든 사람들

김영민, 김정숙, 김주희, 민서희, 배난주,

이영우, 이종구, 조갑순. 허병우.

▲ Photo by 김주희

알로이시오길

R4

A코스 4구간

병점길

제1회 알로이시오길, R4 포스터

R4 병점길 포스터는 아래와 같다.

R4, A4, 병점길

병점길에 대한 단상

알로이시오길은 역에서 출발하여 역을 따라 걷다가 역에서 하루 일과를 마치게 된다.

A코스 4구간인 병점길은 병점역에서 지제역까지 이어진 길이다. 그래서 그 출발지를 가져와 병점길이라고 한다.

병점역에서 지제역까지는 약 23.5km이며, 총 8개의 거점이 있다. 아래는 출발점인 병점역에서 도착점인 지제역까지, 각 거점을 지나가는 순서대로 적은 것이다.

1. 병점역, 1번 출구
2. 세마역, 2번 출구
3. 오산대역, 1번 출구
4. 오산역, 1번 출구
5. 진위역, 1번 출구
6. 송탄역, 3번 출구
7. 서정리역, 1번 출구
8. 지제역, 1번 출구

병
점역은 2020년 10월 현재, 병점역 간판이 보인 상태에서 기념 사진을 찍을 만한 곳이 없었다.

▲ 병점역 광장, Photo by 김주희

▲ 병점역 광장, Photo by 김주희

지원차량은 병점역 1번 출구 오른쪽에 있는 유료주차장을 이용하면 물품을 옮기기 편리하다. 이 주차장은 일요일과 국가 지정 휴일에는 무료이다. 병점역 화장실은 역 계단 올라가 2층에 있다. 혹 병점역에 일찍 와서 아침 8시 경에 식사를 하려고 하면, 문 연 곳이 없을 것이다. 편의점을 이용하거나 동네방네 식당에 가 부탁을 해보는 것이 좋을 것이다.

세마역(洗馬驛, Sema station)은 경기도 오산시 세교동에 위치한 수도권 전철 1호선의 전철역이다. 역명은 임진왜란때, 독왕산성 싸움에서 권율 장군이 먹을 물이 떨어지자, 물이 많이 있는 것처럼 일본군을 속이기 위해, 쌀로 말을 씻었다는 이야기에서 유래하였다.[1]

▲ 세마역, Photo by 이성진

---

1) 『위키백과』

오산대역(烏山大驛, Osan University station)은 경기도 오산시 수청동에 있는 수도권 전철 1호선의 전철역이다. 인근에는 물향기수목원과 오산대학교가 위치하고 있다. 오산대역은 오산역과 역이름이 비슷하여 종종 혼동되기도 한다.[2] 아래 그림은 오산대역 1번 출구에서 찍은 사진이다.

▲ Photo by 김주희

오산역(烏山驛, Osan station)은 경기도 오산시 오산동에 있는 경부선의 철도역이다. 일부 무궁화호와 수도권 전철 1호선 모든 열차가 정차한다.[3] 병점길에서는 오산역이 중간 지점이기 때문에 오산역 인근에서 점심을 먹고 휴식을 취한 다음 출발한다. 2020년에는 정길자 참가자와 그 일행이 도시락을 싸 와서 오산역 광장에서 점심을 먹었다.

---

2) 『위키백과』

3) 『위키백과』

다음 그림에서, 뒤로 보이는 좌우로 큰 건물이 오산역이고 사람이 있는 곳이 역 광장이다.

▲ 오산역 광장, Photo by 김주희

진위역(振威驛, Jinwi station)은 경기도 평택시 진위면 하북리에 있는 수도권 전철 1호선의 전철역으로, 2006년 6월 지제역과 함께 개통되었다. 수도권 전철 1호선이 운행되며, 역 광장에는 보호수로 지정된 회화나무가 있다.[4] 차량으로 진위역에 갈 때에는 네비게이션에 지제역으로 하지 말고 지제역 1번 출구라고 하길 권한다. 가끔 지제역 뒤쪽 2번 출구로 갈 때가 있다.

진위역 주차장은 역을 바라보고 왼쪽에 붙어 있다. 행사 지원차량은 역 앞

---

4) 『위키백과』

▲ 진위역, Photo by 김주희

도로에 잠시 정차해도 된다. 진위역 광장은 무척 넓고, 화장실은 2층에 있다. 그리고 시간이 된다면 건너편 대각선에 있는 카페 안 미술관으로 이동하여 잠시 쉬어가는 것도 좋을 것이다.

▲ Photo by 민서희

송탄역(松炭驛, Songtan station)은 대한민국 경기도 평택시 신장동에 있는 수도권 전철 1호선의 전철역이다.[5] 송탄역의 화장실은 고가가 있는 3번 출구로 가는 것이 좋다. 지원차량은 고가 옆에 잠깐 세워 놓고 화장실에 갔다 올 수 있다.

서정리역(西井里驛, Seojeong-ri station)은 경기도 평택시 서정동에 위치한 경부선의 철도역이다.

일부 무궁화호와 수도권 전철 1호선 모든 열차가 정차한다. 부역명은 국제대학(國際大學)으로, 인근에 국제대학교가 위치한다.

▲ Photo by 김주희

---

5) 『위키백과』

서정리역을 출발하여 송탄교 아래를 지날 때는 아래 그림과 같은 인도가
고속도로 오른쪽에 있으니 그곳을 이용하여야 한다.[6]

▲ Photo by 김주희

6) 『위키백과』

지│제역(平澤芝制驛, PyeongtaekJije station)은 경기도 평택시 지제동에 있는 수도권 전철 1호선, 수서고속철도의 철도역이다. 수도권 전철 1호선 역의 부기역명은 한국복지대로, 인근에 한국복지대학교가 있다.

SRT는 경부선 상행 8회와 하행 9회, 호남선 상행 4회와 하행 5회가 정차하며 천안아산역으로 이어지는 경부고속선과 합류하는데, 2020년 11월 24일부로 지제역을 평택지제역으로 역이름을 변경하였다.[7]

▲ 지제역, Photo by 김주희

---

7) 『위키백과』

지제역에서 하루 일과를 마칠 때는 1번 출구까지 가는 것보다는, 그 전에 조금 떨어진 인도에서 마치는 것이 좋다. 그래야 단체 사진에 지제역과 간판을 넣을 수 있다.

▲ 지제역, Photo by 김주희

공영주차장은 1번 출구를 바라보고 왼쪽에 있다. 지원차량은 조금 일찍 공영주차장으로 이동하여 일행을 맞이하는 것이 좋다. 그리고 네비게이션에서 지제역이라고 찍고 도착하면 지제역 2번 출구로 가는 경우가 있다. 되도록이면 지제역 1번 출구라고 입력하는 것이 좋다.

R4, A4, 병점길

병점길을 만든 사람들

권혁율, 김주희, 민서희, 배난주,
이강순, 이종미, 정길자, 조갑순.

▲ Photo by 김주희

R5

A코스 5구간

지제길

제1회 알로이시오길, R5 포스터

R5 지제길 포스터는 아래와 같다.

R5, A5, 지제길

지제길에 대한 단상

알로이시오길은 역에서 출발하여 역을 따라 걷다가 역에서 하루 일과를 마치게 된다.

A코스 5구간인 지제길은 지제역에서 두정역까지 이어진 길이다. 그래서 그 출발지를 가져와 지제역이라고 한다.

지제역에서 두정역까지는 약 25km이며, 총 5개의 거점이 있다. 아래는 출발점인 지제역에서 도착점인 두정역까지, 지나가는 거점을 순서대로 적은 것이다.

1. 지제역, 1번 출구
2. 평택역, 1번 출구
3. 성환역, 1번 출구
4. 직산역, 1번 출구
5. 두정역, 1번 출구

지제역 1번 출구 주차장은 유료주차장으로 지제역 앞쪽에 있다. 알길 지원차량은 주차장의 주차요금 내는 곳 바로 직전까지 가서 오른쪽에 주차한 다음, 아래 사진이 있는 곳에 물품을 내리면, 출발하는 사람들을 곧 이어 따라갈 수 있어서 좋다.

그리고 걷는 사람들도 참가자가 많지 않으면 아래 사진 찍은 위치에서 출발하는 것이 좋다. 그래야 단체 사진을 찍을 때 지제역 전체가 한 눈에 들어와 좋다. 지제역 화장실은 2층에 있다.

▼ 지제역, Photo by 김주희

평택역(平澤驛, Pyeongtaek station)은 경기도 평택시 평택동에 있는 경부선의 철도역이다. 역 건물이 처음 건립되었을 때는 경부선 서쪽에 위치한 진위군 병남면 통복리, 현 원평동에 있었으나, 한국전쟁 때 폭격으로 인해 역사가 파괴되고 1953년에 현 위치에 새로 신축하였다.

▲ 평택역, Photo by 김주희

평택역은 한국철도공사가 관리중이다. 역 건물은 민자역사로서 2009년 4월 24일에 완공하였으며 AK플라자가 입점했다. 일부 ITX-새마을과 새마을호 그리고 모든 무궁화호, 수도권 전철 1호선이 정차한다. 또한 경기도 안성시민들의 수도권 전철 이용 수단으로도 이용된다. 향후 이 역부터 분기되는 평택선이 포승역까지 연장될 예정이다.[1] 평택역 화장실은 1번 출구 2층에 있으며, 평택역에서 성환역까지는 그 거리가 9.4km로 상당히 멀며, 경기도와 충청남도의 경계를 지난다.

평택역 지하에는 지하주차장이 있지만 주차가 녹록하지 않다. 지원차량은 내려가는 쪽에 있는 원평제2주차장과 원평제1주차장을 이용하는 것이 좋다. 점심은 평택역과 성환역 사이에서 먹는 것이 좋은데, 아쉬운 것은 점심 먹을 곳이 많지 않다는 것이다. 참고로, 2020년에는 수향묵밥집에서 점심을 먹었다.

---

1) 『위키백과』

성

환역(成歡驛, Seonghwan station)은 충청남도 천안시 성환읍 성환리에 있는 경부선의 철도역으로, 인근에 남서울대학교가 있어서 남서울역으로도 불린다. 성환역에는 무궁화호 열차 일부와 수도권 전철 1호선 열차가 정차한다.[2]

성환역 공영주차장은, 성환역 1번 출구를 바라보고 왼쪽에 있으나, 잠시 정차할 때는 오른쪽 빈 공간에 정차할 수도 있다.

직

산역(稷山驛, Jiksan station)은 충청남도 천안시 직산읍 모시리에 있는 수도권 전철 1호선의 전철역이다. 직산역에는 유료주차장도 있고 그냥 정차할 수 있는 공간도 많이 있다.

화장실은 직산역을 바라보고 왼쪽으로 돌아, 2층으로 올라가야 한다.[3]

▲ Photo by 김주희

---

2) 『위키백과』

3) 『위키백과』

두정역(斗井驛, Dujeong station)은 충청남도 천안시 서북구 두정동에 있는 수도권 전철 1호선의 철도역이다. 천안직결선을 통해 장항선 열차가 합류 및 분기하는 역이다. 천안시에 위치한 대학교들은 이 역 근처에 가장 많이 분포되어 있다.[4]

▲ Photo by 김주희

두정역은 땅 위 고가 옆에 있으며, 출입문이 하나이다. 두정대일주차장이

---

4) 『위키백과』

두정역 아래에 있으니, 지원차량은 걷는 일행보다 먼저 이동하여 두정대일 유료주차장에 주차한 다음, 두정역 1번 출구로 올라와 걷는 일행을 맞이하거나, 급하면 두정역 앞 도로에 잠시 정차하는 것이 좋다.

처음 두정역 주차장을 찾아가는 것은 쉽지 않으니, 가급적이면 지원차량은 사전 답사를 하는 것이 좋다.

하루 일과가 끝난 뒤, 두정역에서의 뒤풀이 역시 어렵다. 그 이유는 두정역 주위에는 건물이 없기 때문이다.

만일 뒤풀이를 하려면 사전에 멀리 떨어진 곳에 예약을 하여야 하고 이를 당일 참가자에게 알리는 것이 좋다.

R5, A5, 지제길

지제길을 만든 사람들

김주희, 김응교, 민서희, 배난주,
조갑순, 조기창, 최유림.

▲ Photo by 김주희

R6

A코스 6구간

두정길

제1회 알로이시오길, R6 포스터

R6 두정길 포스터는 아래와 같다.

R6, A6, 두정길

두정길에 대한 단상

알로이시오길은 역에서 출발하여 역을 따라 걷다가 역에서 하루 일과를 마치게 된다.

A코스 6구간인 두정길은 두정역에서 전의역까지 이어진 길이다. 그래서 그 출발지를 가져와 두정길이라고 한다. 두정역에서 전의역까지는 약

21km이며, 총 6개의 거점이 있다. 아래는 출발점인 두정역에서 도착점인 전의역까지, 거점을 지나가는 순서대로 적은 것이다.

1. 두정역, 1번 출구
2. 천안역, 1번 출구
3. 천안박물관, 마당 쉼터
4. 소정리역
5. 경원사, 입구 마당
6. 전의역, 광장

두정역은 출입문이 하나이고 땅 위 고가 옆에 있다. 유료주차장이 두정역 아래에 있으나, 아침에 출발할 때라면 지원 차량은 두정역 앞 차도에 잠시 정차하는 것이 좋다.

그래야 물품을 오르내리기 쉽다. 화장실은 두정역 안에 있다.

두정역 주위에는 다른 건물이 없다. 아침 일찍 두정역에 오는 참가자는 역내에서 식사를 하면 좋다.

천안역(天安驛, Cheonan station)은 충청남도 천안시 동남구 대흥동과 서북구 와촌동에 걸쳐 있는 경부선과 장항선의 철도역이다. 동부역사는 경부선 열차가, 서부역사는 장항선 열차와 수도권 전철 1호선 열차가 운행된다. 장항선은 이 역부터 익산역까지 모두 지상 구간이다.[1] 천안역은 두정길 첫 번째 휴식 장소이며, 두정역에서 천안역까지는 약 3.2km이다.

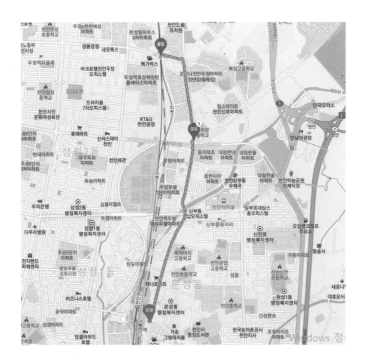

주차장은 유로이다. 천안을 대표하는 먹거리는 호두과자이니, 천안역에서 잠시 쉬면서 호두과자를 먹는 것도 괜찮을 것이다. 다음 페이지의 그림은, 천안역 1번 출구에 있는 호두과자 전문점 앞에서 찍은 사진이다.

---

1) 『위키백과』

▲ 천안역 1번 출구, Photo by 조갑순

천안박물관(天安博物館)은 충청남도 천안시 동남구에 있는 박물관이다. 본관은 삼거리공원 건너편에 위치하고 있으며, 부지면적은 30.389㎡, 연면적은 6,616㎡이고, 건물은 지상 3층에 옥외건축물 6동이 있다.[2] 천안박물관은 두정길 두 번째 휴식장소로, 천안역에서 천안박물관까지는 약 3.6km인데, 동남구청을 지나 남산지구대에 오면, 오른쪽 그림과 같이 이동한다.

이 길은 천안 사람들에게는 쉬운 길이지만 외지인들에게는 쉽지 않은 길이다. 지원차

---

2) 『위키백과』

▲ 천안박물관, Photo by 김주희

량은 이를 미리 알고, 위 그림의 15번 앞에 있는, 다온한의원 쪽으로 먼저 이동하는 것이 좋다. 다온한이원의 주소는 충남 천안시 동남구 대흥로 57 이다.

천안박물관 앞마당에는 큰 주차장이 있고 주차비는 무료이다. 화장실은 주차장 올라가는 오른쪽 낮은 언덕에 있다. 지원차량은 걷는 일행과 같이 들어 와도 좋고, 먼저 와도 좋다. 오른쪽 페이지 위쪽 사진은 천안박물관을 출발하여 선문대학교 천안캠퍼스 부근을 지나고 있는 모습이다.

천안박물관에서 소정리역까지는 약 8,8km이다. 중간 지점에 식당이 있으면 좋은데, 아쉽게도 식당이나 점심 먹을 적당한 곳이 없다. 앞으로는 천안박물관에서 약 3.5km 떨어져 있는, 오른쪽 페이지 아래쪽 지도에 있는 천흥기사식당 부근에서 점심 식사 하기를 권한다.

▲ 선문대학교 천안캠퍼스 부근, Photo by 김주희

소정리역(小井里驛, Sojeongni station)은 세종특별자치시 소정면 소정리에 있는 경부선의 철도역이다. 주로 컨테이너 및 유류화물을 취급하고 있다. 1906년 1월 20일, 영업이 개시되었고, 2014년 차내발권역으로 지정

▲ 소정리역, Photo by 김주희

되었으며, 2017년 7월부터 여객 취급이 중지되었다.[3]

소정리역은 두정길 세 번째 휴식장소이다. 천흥기사식당에서 소정리역까지는 약 5.3km인데, 아쉽게도 소정리역에는 화장실이 없다. 소정리역에서 쉬어갈 때는 그 옆에 있는 그늘에 돗자리를 펴고 쉬면 된다.

화장실을 이용하려면 중간 중간에 있는 주유소의 개방화장실을 이용하는 것이 좋고, 소정리역 오기 전 560m 지점에 있는 소정면사무소 화장실을 사용할 수도 있는데, 화장실은 면사무소 건물 오른쪽으로 돌아 왼쪽 계단으로 올라가 안으로 들어가면 된다.

---

3) 『위키백과』

만일 지원차량이 있다면 주유소에서 1~2만원 정도 주유하고, 걷는 일행은 주유소 화장실을 사용하는 것도 좋은 방법이다. 이런 상황을 고려하여 지원차량은 하루에 2~3회 주유할 수 있도록 주유공간을 반절 정도 비워두는 것이 좋다.

경원사(景遠祠)는 전의이씨 시조 이도(李棹)를 모신 사당으로, 세종특별자치시 전의면 유천리에 위치하고 있다.

왕건이 후백제를 정벌하기 위해 남쪽으로 내려왔을 때, 금강 일대의 호족이었던 이치의 도움으로 금강을 건너 견훤군을 격파할 수 있었고, 이에 왕건은 이치에게 '노를 젓다' 라는 뜻의 도(棹)라는 이름을 내렸으며, 이후 이도는 왕건을 도와 고려 개국 2등 공신이 되어 전의이씨(全義李氏)의 시조가 되었다고 한다.[4] 경원사는 두정길 네 번째 휴식 장소이다. 소정리역에서 경원사까지는 약 6.3km인데, 경원사의 주소는 세종특별자치시 전의면 유천리 828 번지이다.

아쉬운 것은 경원사 입구에는 화장실이 없다는 것이다. 화장실을 이용하려면, 경원사에 오기 전, 소정리역을 출발하여 약 2.8km에 있는 현대오일뱅크 태산주유소를 이용하는 것이 좋다.

---

4) 가야산락도
https://m.blog.naver.com/PostList.nhn?blogId=rise43

전의역(全義驛, Jeonui station)은 대한민국 세종특별자치시 전의면에 있는, 한국철도공사 경부본선의 철도역으로, 하루 11회 무궁화호가 정차한다.[5] 전의역을 바라보고 바로 왼쪽에 주차장이 맞닿아 있으며 주차비는 무료이다. 지원 차량이 바로 옆에 있는 주차장에 주차하면 행사에 필요한 물품을 쉽게 내리고 실을 수 있다. 화장실은 역 1층 왼쪽에 있다.

▲ Photo by 김주희

5) 『위키백과』

R6, A6, 두정길

두정길을 만든 사람들

김용춘, 김주희, 민서희,

배난주, 조갑순.

▲ Photo by 김주희

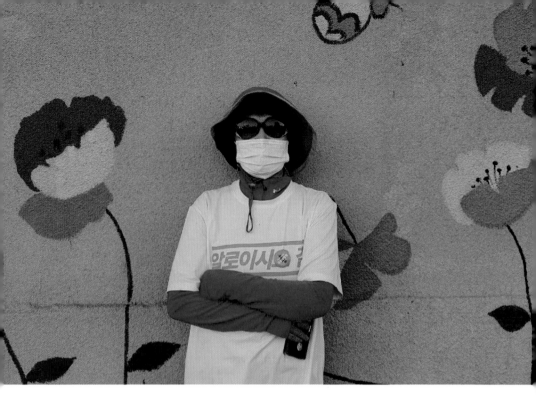

R7

A코스 7구간

전의길

제1회 알로이시오길, R7 포스터

R7 전의길 포스터는 아래와 같다.

R7, A7, 전의길

구간 대장, 정년옥 출사표

안녕하세요, 알로이시오길 A코스 7구간 대장을 맡은 정년옥입니다.

저는 사실 알로이시오 신부님이 가난한 사람들의 아버지라는 것 외엔 별로 아는게 없었습니다.

▼ 하얀나비길에서, Photo by 김오균

그러다, 소 알로이시오 신부님 탄생 90주년이 되어서야 그분에 대해 조금 더 알게 되었고, 이제는 더욱 알고 싶어 알로이시오길을 걸으려고 합니다.

이 길 위에서 저 자신을 되돌아보고, 얼마 남지 않은 생을 어떻게 살아야 보람된 삶이 될 것인지 깊이 생각하며 걸어보려 합니다.

나를 뒤돌아 보는 것도 좋고 알로이시오 신부님을 생각하며 걷는 것도 좋으니, 같이 걸을 분들은 10월 15일 오전 9시, 전의역에서 반갑게 뵙겠습니다.

정년옥, 2020. 10. 7.

▼ 하얀나비길에서, Photo by 최유림

R7, A7, 전의길

전의길에 대한 단상

알로이시오길은 역에서 출발하여 역을 따라 걷다가 역에서 하루 일과를 마치게 된다. A코스 7구간인 전의길은 전의역에서 조치원역까지 이어진 길이다. 그래서 그 출발지를 가져와 전의길이라고 한다. 전의역에서 조치원역까지는 약 15.5km이며, 총 6개의 거점이 있다. 아래는 출발점인 전의역에서 도착점인 조치원역까지의 거점을 지나가는 순서대로 적은 것이다.

1. 전의역, 광장
2. 개미고개, 추모공원
3. 전동역, 광장
4. 티오카페
5. 서창역
6. 조치원역, 광장

전의역을 바라보고 바로 왼쪽에 주차장이 맞닿아 있으며 주차비는 무료이다. 지원 차량을 바로 옆 주차장에 주차하면 쉽게 물품을 오르내릴 수 있다. 화장실은 1층 왼쪽에 있다.

▲ 전의역, Photo by 김주희

개미고개 전투는 미군 제24사단 제21연대가 1950. 7. 9 ~ 7. 12
일까지 전의·조치원 지구에 머물면서 북한군 최정예 부대인 제3사단과
제4사단을 맞아 5일간 대치하던 중 적의 남하를 약 3일간 저지한 전투
인데, 이 과정에서 미 제24사단 장병 517명이 전사하였다.[1]

---

1) 『유엔군 전적비를 찾아서』 박양호 지음, 서울 2011, 도서출판 화남. 94~99쪽.

▲ 개미고개 추모공원, Photo by 김주희

전의길 첫 번째 휴식 장소는 개미고개 추모공원이다. 전의역에서 추모공원까지는 약 3.8km인데, 개미고개 추모공원은 6.25전쟁 당시 UN군으로 참전하여 개미고개에서 싸우다 전사한 미제24사단 장병들을 추모하는 공원으로 위령탑이 있다. 이역만리 타국에서 자유와 평화를 위해

목숨을 마친 미군 장병들을 추모하며 잠시 쉬어가면 좋을 것이다. 전의역에서 개미고개 추모공원까지는 완만한 오르막길이고 대부분 인도가 없기 때문에 지원차량의 도움을 받을 필요가 있다. 화장실은 계단 위 개미공원 휴게소라는 음식점 왼쪽에 있는데, 시골 화장실이다.

전동역(全東驛, Jeondong station)은 세종특별자치시 전동면 노장리에 있는 경부선의 신호장이다. 전동역은 1929년 7월 1일, 배치간이역으로 영업 개시한 이후 보통역으로도 사용되었으나, 2008년 3월 10일 여객취급이 중지된 이후 신호장으로만 쓰이고 있다.[2]

▲ Photo by 김주희

개미공원 추모공원에서 전동역까지는 약 4.7km로 완만한 내리막길인데, 전동역은 전의길의 중간 정도에 위치하고 있다. 전동역 앞에 있는 안동국

---

2) 『위키백과』 신호장(信號場)은 열차의 교행과 대피만을 위해 설치되는 철도역의 한 종류로 보통 여객이나 화물 취급을 하지 않지만 가끔 여객 취급을 병행하는 경우도 있다.

▲ Photo by 김오균

밥 식당이나 전동역 옆 작은 공원에서 도시락을 먹고 출발하면 좋다. 다만 작은 공원에서 식사할 때는, 전동역에 화장실이 없으니 근처에 있는 전동면사무소 화장실 등을 이용하는 것이 좋다.

티오카페는 전의길 두 번째 휴식 장소인데, 전동역을 출발하여 티오카페까지는 약 3.1km이다.

티오카페에는 계란김밥이 있다. 김밥 속이 다른 곳과는 다르게 대부분 계란인데 참 맛있었다. 화장실은 티오카페 오른쪽 뒤로 돌아가면 있다.

참고로, 티오카페의 아쉬운 점은 손님이 쉬어갈 파라솔 등의 공간이 많지 않다는 것이다. 전의길 구간 대장은, 걷는 날과 지나가다 쉬는 시간을 미리 티오카페에 알려주고 걷는 인원에 맞는 파라솔을 준비해달라고 부탁하는 것도 하나의 방법이 될 것이다. 티오카페의 주소는 세종특별자치시 조치원읍 신안리 247-2 번지이다.

▲ Photo by 민서희

서창역(瑞倉驛, Seochang station)은 세종특별자치시 조치원읍 신안리에 있으며, 서창리와는 무관하다. 서창역은 경부선과 오송선의 신호장으로 사용되고 있으며 사람을 위해 정차하지는 않는다.

'노무현 순례길' 이나 '평화로 가는 길' 등을 진행하며 서창역 앞을 지나간

경험으로 볼 때, 전의역에서 조치원역까지는 서창역 앞의 도로가 가장 위험하였다. 그러니 이곳을 지날 때는 지원차량의 도움을 꼭 받으라고 권하고 싶다.

다행히 2020년 알로이시오길에서는 티오카페를 출발하여 서창역을 지나가지 않고, 아래 그림과 같이 조천이라는 하천 옆을 지나갔는데, 당일 이 길을 걸은 사람들의 만족도가 매우 높았다. 그래서 이 하천길을 당일 구간 대장이었던 하얀나비 정년옥의 별칭에서 가져와 하얀나비길이라 하기로 하였다. 하얀나비길을 줄이면 나비길이 된다.

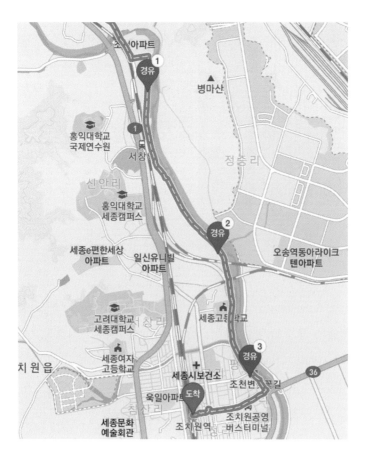

앞 지도에서 경유하는, 하천 옆 세 지점의 주소는 아래와 같다.

경유1, 세종특별자치시 조치원읍 신안리 480-13
경유2, 세종특별자치시 조치원읍 신안리 1-1
경유3, 세종특별자치시 조치원읍 평리 120

조치원역(鳥致院驛, Jochiwon station)은 1905년 1월 1일 개통하여 2020년 현재까지 사용되고 있는 역사가 오래된 역이다. 조치원역에서는

▲ Photo by 김주희

일부 새마을 열차와 모든 무궁화호 열차가 정차한다.[3] 조치원역 주차장은 조치원역을 바라보고 바로 왼쪽에 있다. 조치원역 주차장은 24시간 유료로 운영되고 있으며, 1일 최대 주차요금은 2020년 9월 현재 1만원이었다. 지원차량은 조치원역 왼쪽 유료주차장에 주차한 다음 물품을 옮기는 것이 좋다.

---

3) 『위키백과』

▼ 아산시 외암마을에 있는 살아 있는 허수아비, Photo by 최유림

R7, A7, 전의길

전의길을 만든 사람들

김응교, 김주희, 민서희, 배난주,
정년옥, 조갑순, 최유림.

▲ Photo by 최유림

R8

A코스 8구간

조치원길

제1회 알로이시오길, R8 포스터

R8 조치원길 포스터는 아래와 같다.

R8, A8, 조치원길

조치원길에 대한 단상

알로이시오길은 역에서 출발하여 역을 따라 걷다가 역에서 하루 일과를 마치게 된다.

A코스 8구간인 조치원길은 조치원역에서 세종시청까지 이어진 길이다. 그래서 그 출발지를 가져와 조치원길이라고 하고, 이를 달리 세종1길이라고 한다.

조치원역에서 세종시청까지는 약 20.5km인데, 조치원길에는 단 1개의 역이 있을 뿐이다. 아래는 조치원길에 있는 주요 거점을 순서대로 적은 것이다.

1. 조치원역, 앞 광장
2. 세종패션아울렛
3. 연기면사무소, 마당
4. 기쁨뜰 근린공원
5. 방축천
6. 정부세종청사
7. 대통령기록관
8. 매화공연장
9. 나성동 독락정 역사공원
10. 세종특별자치시청, 광장

조

치원역(鳥致院驛, Jochiwon station)에는 일부 새마을 열차와 모든 무궁화호 열차가 정차한다.[1] 그래서 참가자들이 아침 일찍 조치원역에 오는 데는 문제가 없다.

조치원역 주차장은 조치원역을 바라보고 바로 왼쪽에 있는데, 24시간 유료로 운영되고 있으며, 1일 최대 주차요금은 2020년 10월 현재 1만원이었다. 조치원역 광장은 무척 큰 편이다. 지원차량은 조치원역 왼쪽 유료주차장에 주차한 다음, 주차장에서 가까운 곳을 선택하여 물품을 옮기는 것이 좋다.

▲ Photo by 김주희

---

1) 『위키백과』

세종패션아울렛은 조치원길 첫 번째 휴식장소로, 주소는 세종특별자치시 연서면 월하리 652번지이다. 조치원역을 출발하여 죽림오거리를 경유하여 세종패션아울렛까지는 약 3.6km 이기 때문에 세종패션아울렛 부근에서 잠시 쉬며 화장실을 들르는 것이 좋다.

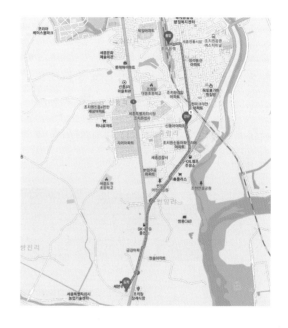

2020년에는 조치원길 참가자가 많지 않아, 세종패션아울렛을 들르지 않고 인근 편의점에서 쉬어 갔다. 2021년 알길 행사에 참가하는 조치원길 구간 대장은 이곳을 미리 답사하여 세종패션아울렛의 어느 곳에서 쉬어 가면 좋은지, 화장실은 어느 곳에 있는 지 등을 확인하여 편안한 조치원길이 되도록 준비하면 좋을 것이다.

연기면사무소는 세종특별자치시 연기면 당산로 81에 위치하고 있는데, 연기면(燕岐面)은 세종특별자치시가 출범하면서 기존 남면 지역 일부에

연기리 등 9개의 법정리와 13개의 행정리를 더하여 이루어진 지역이다.[2]

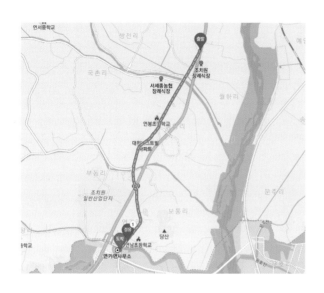

연기면사무소는 조치원길 두 번째 휴식 장소로, 세종패션아울렛에서 연기면사무소까지는 약 4.2km이다.

연기면사무소 마당은 많은 참가자가 쉬어 갈 수 있을 만큼 넉넉하다. 그리고 화장실이 깨끗하고 냉온수기가 설치되어 있어서 여성 참가자들의 반응이 좋았다. 만일 공휴일이어서 연기면사무소가 문을 닫을 경우에는 약 300m 전에 있는 하나로마트에서 먹거리를 사고 쉬어 가면 좋을 것이다. 화장실은 하나로마트 뒤쪽

---

2) 세종특별자치시 https://www.sejong.go.kr

에 있는데 연기면사무소만큼 깨끗하지는 않다. 하나로마트 주소는 세종특별자치시 연기면 연기리 412-17번지이다.

참고로, 2021년에는 조치원역을 출발하여 미호천을 따라 걷다 조성습지

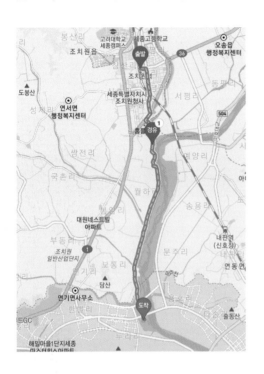

공원을 경유하여 방축천 쪽으로 들어오는 코스를 고려해 보는 것도 좋을 것이다. 조치원역에서 연기면사무소로 가는 길은 너무 밋밋하고 지루하며 차도가 좁은 곳이 많아 좀 위험해 보였다.

왼쪽 그림은, 조치원역을 출발하여 미호천을 따라 걷다 조성습지공원까지 가는 길을 나타낸 지도이다.

기쁨뜰 근린공원은 조치원길에서 중간 정도 되는 지점에 위치하고 있기 때문에, 이곳에서 점심을 먹고 쉬어 가면 좋은데, 기쁨뜰 근린공원에는 화장실이 없어 많이 아쉬웠다.

▲ 기쁨뜰 근린공원, Photo by 김주희

2021년부터는 기쁨뜰 근린공원에서 점심을 먹고 쉬었다 가는 것 보다는 원수산 MTB 공원에서 점심을 먹고 쉬어 가는 것이 좋을 것이다. 원수산

MTB 공원은 세종특별자치시 연기면 세종리 659-30에 위치하고 있는 공원이다.

연기면사무소에서 원수산 MTB 공원 사무소까지는 약 2.8km인데, 이동경로는 왼쪽 그림과 같다. 처음 1km 정도는 인도가 없어 위험하니 지원차량의 도움을 받는 것이 좋으며, 원수산 MTB 공원 사무소에는 화장실이 있으니, 공원 사무실 주위에서 점심을 먹고 쉬었다가면 좋을 것이다. 다만 아쉬운 것은 주변에 상가가 없으니 점심은 참가자 개인이 미리 준비해 오거나, 연기면사무소 전에 있는 농협하나로마트에서 구입하거나, 배달 도시락을 주문하면 좋을 것이다.

방

축천(防築川)은 세종특별자치시 도심부를 남북으로 관통하는 하천이다. 어진동 일대에 방축천 수변공원이 조성되어 도심지의 인공수로 및 테마하천공원으로서 세종특별자치시의 휴식공간이자 명소로 변화하고 있다.[3]

---

3) 디지털세종시문화대전

▼ 방축천, Photo by 김주희

방축천 수변공원의 주요 시설물로는 음악분수, 부조벽화, 왕버들, 수국원, 암석원, 미디어 벽천, 자연석 폭포 등이 있다. 하천을 유지하기 위한 물은 금강에서 공급받으며, 금강물이 아니어도 자연 실개천을 형성한다.

원수산 MTB 공원 사무소에서 기쁨뜰 근린공원과 방축천을 경유하여 정부세종청사 안내동까지의 거리는 약 3.2km이고, 그 경로는 오른쪽 그림과 같다.

정부세종청사(政府世宗廳舍, Government Complex Sejong)는 행정중심복합도시로 출범한 세종특별자치시에 위치한 대한민국의 정부청사이다.

정부세종청사에는 16개 중앙부처와 소속기관 공무원 1만 3,000명 정도가 근무하고 있으며, 청사 관리는 대한민국 행정안전부 정부청사관리본부에서 담당한다.[4]

---

4) 『위키백과』

▲ 정부세종청사 안내동, Photo by 김주희

대통령기록관(大統領記錄管, Presidential archives)은 대통령기록물 관리에 관한 사무를 관장하는 국가기록원의 소속기관으로, 2007년 11월 30일 발족하였다.

대통령기록관은 세종특별자치시 다솜로 250에 위치하고 있으며, 관장은 고위공무원단 나등급에 속하는 일반직, 연구직 또는 임기제공무원이 맡는다.[5] 정부세종청사 안내동에서 대통령기록관까지는 약 1.4km이다. 알길에서는 대통령기록관에서 기념사진을 찍고, 바로 이동한다.

_____

5) 『위키백과』

매화공연장은 조치원길 세 번째 휴식장소로, 세종호수와 국립세종도
서관 사이에 있다. 대통령기록관에서 매화공연장까지의 거리는 약 300m
이며, 매화공연장 1층에는 화장실이 있다.

이 부근에 지원차량이 잠시 정차할 곳이 마땅치 않으니, 국립세종도서관
주차장이나, 남가옥 식당 건물 1층 주차장에 잠시 정차하는 것이 좋다.

정부세종청사 안내동에서 대통령기록관을 경유하여 매화공연장까지 가는 이동경로는 아래 그림과 같다. 이때, 걷는 참가자는 경유1에서 경유2로 곧장 걸어갈 수 있는 사이길이 있으니 그 길을 이용하면 좋다.

나성동 독락정 역사공원은 조치원길 네 번째 휴식장소로, 화장실과 주차장이 있는데, 매화공연장에서 역사공원까지는 약 2.4km이다.

나성동 독락정 역사공원을 출발하여 금남교를 지나 세종시청까지는 약 2.8km이다. 다음 그림은 금남교를 지나고 있는 모습니다. 참고로, 금남교를 지나면 바로 왼쪽에 화장실이 있고 작은 쉼터가 있다.

▲ 금남교를 지나며, Photo by 김주희

세종특별자치시청(世宗特別自治市廳, Sejong Metropolitan Autonomous City Hall)은 세종특별자치시의 행정을 총괄하는 지방행정기관으로 세종특별자치시 한누리대로 2130에 위치하고 있다.

시장은 차관급 정무직공무원으로, 부시장은 고위공무원단 가등급에 속하는 일반직공무원이나 별정직 1급상당 지방공무원 또는 지방관리관이 임

명된다.[6)]

---

6) 『위키백과』

▲ 세종특별자치시청 광장, Photo by 김주희

R8, A8, 조치원길

조치원길을 만든 사람들

김주희, 민서희, 배난주, 양갑섭, 조갑순.

▲ Photo by 김주희

186 알로이시오길

R8, A8, 조치원길 **187**

R9

A코스 9구간

세종시청길

제1회 알로이시오길, R9 포스터

R9 세종시청길 포스터는 아래와 같다.

R9, A9, 세종시청길

세종시청길에 대한 단상

알로이시오길은 역에서 출발하여 역을 따라 걷다가 역에서 하루 일과를 마치게 된다.

A코스 9구간인 세종시청길은 세종시청에서 신탄진역까지 이어진 길이다. 그래서 그 출발지를 가져와 세종시청길이라고 하고, 이를 달리 세종2길이라고 한다.

세종시청에서 신탄진역까지는 약 20km인데, 세종시청길 역시 단 한 개의 역이 있을 뿐이다. 아래는 세종시청길에 있는 주요 거점을 순서대로 적은 것이다.

1. 세종특별자치시청, 광장
2. 황산 건물
3. 다리 아래
4. 송강중학교
5. 신탄진역

세종시청을 오른쪽 페이지의 그림처럼 바라보고, 왼쪽에 주차장이 있다. 지원차량은 이곳에 주차하고 물품을 오르내리면 된다. 평일에는 시청

화장실을 이용할 수 있으나, 휴일에는 이용할 수가 없다. 시청 앞 상가에
도 가 보았지만 휴일에는 화장실이 잠겨있었다.

▲ 세종특별자치시청, Photo by 김주희

아래 그림은 세종시청에서 신탄진역까지 약 20km의 이동 경로를 나타낸
것이다.

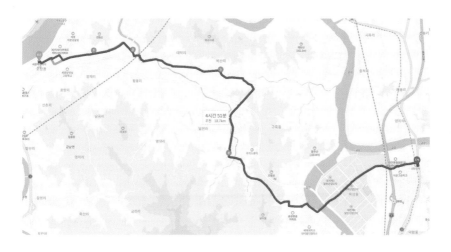

세종시청길에는 두 개의 코스가 있다. 하나는 북쪽길이고 다른 하나는 남쪽길이다. 남쪽길에는 쉬어갈 만한 곳이 없고 화장실도 없고 산을 3개나 넘어야 한다. 그래서 남쪽길을 달리 고행길이라고 한다.

황산 건물은 세종시청길 첫 번째 휴식 장소로, 중소기업 황산이 있는 건물이다. 황산 건물의 주소는 세종특별자치시 금남면 대박리 367-6번지이며, 황산 건물 1층에는 괜찮은 화장실이 있다.

세종시청에서 황산 건물을 경유하는 코스를 북쪽길이라고 하는데, 세종시청에서 황산 건물까지는 약 5.0km이다. 그 사이에는 아쉽게도 여러 사람이 쉬어갈 만한 곳이 없다. 차후 세종시가 더 개발이 되면 휴식 장소로 사용할만한 곳이 나올 수도 있을 것이다.

위 그림 중, 경유1에서 바람꽃의 다육식물원쪽으로 가는 코스를 남쪽길이라고 하고, 도착쪽으로 가는 길을 북쪽길이라고 한다.

다 리 아래는 세종시청길 두 번째 휴식 장소로, 황산 건물에서 다리 아래까지는 약 4.3km이다. 다리 아래는, 아래 그림의 도착점에 있는 다리의 아래를 이르는 말이며, 주소는 대전광역시 유성구 둔곡동 70번지이다.

송 강중학교는 서울시청길 세 번째 휴식 장소로, 다리 아래에서 송강중학교까지는 약 4.7km이다. 송강중학교까지 오는 도중에 진행중인 개

발이 끝나면, 휴식 장소로 사용할 만한 곳이 나올 수도 있을 것이다. 중간 지점인 구룡고개에 식당이 있으니 그 부근에서 점심을 먹는 것이 좋다.

신탄진역(新灘津驛, Sintanjin station)은 대전광역시 대덕구 신탄진동에 있는 경부선의 역이다.

인근에 대전철도차량정비단이 있어, 이를 연결하는 대전철도차량정비단선이 이 역에서 분기하며, 상당수의 무궁화호가 정차한다. 과거에 새마을호 열차도 상당수가 정차했었다.[1]

---

1) 『위키백과』

송강중학교에서 신탄진역까지는 약 5.2km이고, 중간에 갑천이 있는데 갑천을 건널때는, 차량이 다니는 대덕대로가 아닌, 갑천변 축구장에서 야구장쪽으로 나있는 아래 그림에 있는 인도교를 통해 넘어간다. 이후 계단을 올라가 들말사거리로 이동한다.

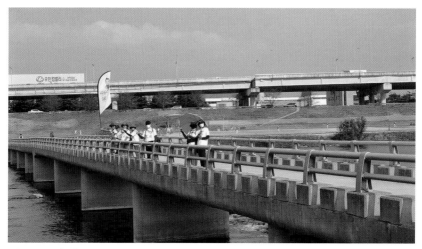

▲ Photo by 김주희

▲ Photo by 김주희

아래 그림은 신탄진역에 도착하여 찍은 기념사진이다.

▲ 신탄진역, Photo by 김주희

R9, A9, 세종시청길

세종시청길을 만든 사람들

김윤식, 김주희, 민서희, 방석준, 배난주,
양갑섭, 윤병관, 조갑순, 최영순.

▲ Photo by 김주희

알로이시오길

R10

A코스 10구간

신탄진길

제1회 알로이시오길, R10 포스터

R10 신탄진길 포스터는 아래와 같다.

R10, A10, 신탄진길

신탄진길에 대한 단상

알로이시오길은 역에서 출발하여 역을 따라 걷다가 역에서 하루 일과를 마치게 된다. A코스 10구간인 신탄진길은 신탄진역에서 대전역까지 이어진 길이다. 그래서 그 출발지를 가져와 신탄진길이라고 한다.

신탄진역에서 대전역까지는 약 23km로, 총 7개의 역이 있고, 두 개의 다리와 한밭수목원이 있다. 아래는 신탄진길에 있는 주요 거점을 순서대로 적은 것이다.

1. 신탄진역
2. 용신교
3. 엑스포다리
4. 한밭수목원
5. 시청역
6. 용문역
7. 오룡역
8. 서대전네거리역
9. 중구청역
10. 대전역

신

탄진역(新灘津驛, Sintanjin station)은 대전광역시 대덕구 신탄진동에 있는 경부선의 역이다. 1905년 1월 1일 첫 운행을 시작하였다. 인근에 대전철도차량정비단이 있어, 이를 연결하는 대전철도차량정비단선이 이 역에서 분기하는데, 상당수의 무궁화호가 정차한다. 과거에 새마을호 열차도 상당수가 정차했었다.[1]

---

1) 『위키백과』

▼ 신탄진역, Photo by 김주희

<big>용</big>신교는 여러 개가 있는데, 알로이시오길에서 건너는 용신교는 대전 광역시 대덕구에 있는, 길이 320m 폭 36m의 다리이다.[2]

▲ 용신교에서, Photo by 김주희

알길에는 육로로 가는 육로길과 하천으로 가는 하천길이 있다. 용신교에서 엑스포다리까지는 오른쪽 지도에 있는 하천길(산책길)로 이동하는데, 그 거리는 약 8.1km이다. 이 용신교에서 엑스포다리까지의 하천길을 달리 '클라라길' 이라고 한다. 이 곳을 걸으며 만일 배난주 참가자가 S길(A+C코스)을 모두 완주하면, 이

_____

2) 『위키백과』

를 기념하여 용신교에서 엑스포다리까지의 하천길을 그녀의 세례명인 '클라라' 에서 가져와 클라라길이라고 하자고 하였는데, 배난주 참가자가 S길을 모두 완주하여 클라라길이 만들어졌다.

▲ 클라라길에서, Photo by 김주희

엑스포다리는 엑스포과학공원과 한밭수목원을 잇는 다리이다.[3]

한밭수목원(한밭樹木園)은 대전광역시의 도심 내의 생물서식 공간 확보 및 학술적·환경교육적 기능수행과 시민휴게공간 기능을 부여하고, 공원시설의 관리운영, 도시녹화 및 가로화단 확충사업 추진 등을 위하여 대전광

---

3) 『위키백과』

역시청 산하에 설치된 사업소이며, 대한민국 최대의 인공 수목원이다. 수목원장은 지방서기관이나 지방기술서기관을 임명한다.[4]

▲ 한밭수목원 동편, Photo from 위키백과

시청역(市廳驛, City Hall station)은 대전광역시 서구 둔산동에 있는 대전 도시철도 1호선의 전철역이다. 인근에 대전광역시청을 포함한 대전의 주요 행정 기관과 고층 빌딩들이 위치해 있다. 역 도착 안내방송에서는 대전광역시를 상징하는 노래인 「대전의 찬가」를 배경음으로 사용한다.[5]

---

4) 『위키백과』
5) 『위키백과』

용문역(Yongmun station)은 두 개가 있는데, 하나는 경기도 양평군 용문면 다문리에 있는 용문역(龍門驛)이고, 다른 하나는 대전광역시 서구 용문동에 있는 대전 도시철도 1호선의 용문역(龍汶驛)이다.[6]

오룡역(五龍驛, Oryong station)은 대전광역시 중구 오류동에 있는 대전 도시철도 1호선의 전철역이다. 수침교 하저터널로 용문역과 연결된다.[7]

6) 『위키백과』

7) 『위키백과』

▼ 오룡역 옆을 지나며, Photo by 김주희

서대전네거리역(西大田네거리驛, Seodaejeon Negeori station)은 대전광역시 중구 용두동에 있는 대전 도시철도 1호선의 전철역이다. 1km 인근에 호남선의 서대전역이 있으며, 대전시내버스 612번으로 환승하면 접근할 수 있다. 대전 도시철도 2호선이 건설되면 이 역은 1호선과 2호선의 환승역이 된다.[8]

중구청역(中區廳驛, Jung-gu District Office station)은 대전광역시 중구 선화동에 있는 대전 도시철도 1호선의 전철역이다. 인근에 대전광역시 중구청이 있다. 충남도청이라는 병기역명이 있었으나, 충청남도청이 내포신도시로 이전함에 따라 병기역명이 폐지되었다.[9]

---

8) 『위키백과』
9) 『위키백과』

▼ 중구청역 지나, 대전근현대사자료관에서

대전역(大田驛, Daejeon station)은 대전광역시 동구 정동에 있는 경부선 및 경부고속선의 철도역이다. 이 역에서 대전선이 분기되며, 모든 경부선 KTX, SRT, ITX-새마을, 무궁화호가 정차하며, 일부 경부선 KTX와 경부선 무궁화호, 대부분의 충북선 열차가 이 역에서 시·종착한다. 동광장 앞에 한국철도공사와 국가철도공단 공동사옥이 있고, 서광장 앞으로는 대전충청본부, 대전기관차승무사업소(대기승소), 대전열차승무사업소(대열소), 대전 도시철도 1호선 대전역이 있다.

구내에는 대전차량사업소 대전주재가 있다. 역사 증축공사가 2017년 7월 31일에 완료되었고 기존에 3층까지 있었던 대전역사에 4층이 생겼으며 역사 내 주차장도 생겼다. 또한 대합실과 동광장 간의 거리 역시 통로가 아닌 대합실로 되어 있고 9~10번 승강장과 11~12번 승강장 사이에 타는 곳으로 가는 문을 만들었다.[10]

---

10) 『위키백과』

▼ 대전역 광장, Photo by 김주희

R10, A10, 신탄진길

신탄진길을 만든 사람들

김용준, 김주희, 민서희, 배난주,
양갑섭, 조갑순, 조경희.

▲ Photo by 김주희

▲ 대전역 광장, Photo by 김주희

R11

B코스 1구간

대전길

제1회 알로이시오길, R11 포스터

R11 대전길 포스터는 아래와 같다.

R11, B1, 대전길

구간 대장, 윤미옥 출사표

뜻 깊은 한글날, 대전에서 '제1회 가난한 사람들의 국토대장정, 알로이시오길'의 시작을 알리는 출정식을 갖고, 부산까지 가는, 긴 여정의 시민 민생 투어가 시작됩니다.

우리는 알로이시오 신부님의 "영원한 가치를 바라보는 거룩한 정신"을 기리면서 나만의 시간과 대화 속에 걷고 또 걸어갈 것입니다.

알로이시오 신부님은 "나는 아무것도 하는 것이 없고, 생존의 위협을 받는 절박한 빈곤에 비하면 나는 아무것도 아니다"라고 말씀하셨다는데, 저는 지금 전 세계적으로 코로나19로 인해 힘든 가운데 있지만 "자기를 사랑하는 삶" 속에, 순간을 소중히 여기며 또 한 번의 만남을 기대해 보려고 합니다.

인생은 유한합니다. 사랑하면서 살아도 인생은 길지 않은 거 같습니다. 짧고 유한한 인생일지라도 저는 하고 싶은 일을 하면서 살아가면 행복해질 거 같습니다. 대전을 출발하여 부산으로, 다시 동해와 서해로 그리고 신의 주와 백두산까지도 가는 날이 오기를 기대하며 '가난한 사람들의 국토대장정'이 계속되기를 바라며 줄입니다. 감사합니다.

윤미옥, 2020. 9. 28.

R11, B1, 대전길

구간 대표주자, 조연길 출사표

'가난한 이들의 자립', '가난한 자는 복이 있나니 천국이 너희 것이요'

올해는 소 알로이시오(Aloysius Swartz) 신부님이 탄생하신지 90주년이 되는 해입니다. 신부님은 한평생 가난한 이들을 위해 사랑과 봉사로 헌신하신 위대한 선한 복지가이셨습니다. 존경하고 감사드립니다. 현재 한국, 멕시코, 온두라스, 과테말라, 브라질, 탄자니아 등 7개국에 '마리아 수녀회'가 운영하는 소년 소녀의 집이 있고 그곳에서 청소년들에게 자립의 삶을 살 수 있도록 교육을 하고 있습니다.

신부님은 평소 청소년들과 함께 달리며 자립의 꿈을 심어 주셨습니다. 오늘 대전에서 알로이시오길 중 T길의 첫걸음을 시작합니다. 코로나19로 힘들고 어려움에 처해 있는 가난한 사람들을 마음 담고, 걷고 또 걸으며 신부님의 숭고한 정신을 기리겠습니다.

가난한 자들을 위해 기도하게 하소서
가난한 자들을 위해 헌신하게 하소서
가난한 자들을 위해 제 달란트로 돕게 하소서!!

모든 것을 내려놓고 마음이 가난한 자가 되기 위해 부산까지 한 걸음 한 걸음 우리 모두 함께 걸었으면 합니다.

행정사 조연길, 2020. 9. 27.

R11, B1, 대전길

대전길에 대한 단상

알로이시오길은 서울에서 부산까지 A, B, C 코스로 이루어져 있는데, A 코스와 B코스가 같은 날 시작되어 10일 동안 진행된 다음, 이어서 C코스가 5일 동안 진행된다. 그래서 A와 C코스를 묶어 S길이라 하고 B와 C코스를 묶어 T길이라고 한다. S길의 S는 그 출발점인 서울을 의미하는 Seoul의 첫머리 글자이고, T길의 T는 그 출발점인 대전을 의미하는 Taejeon의 첫머리 글자이다.

B코스 1구간인 대전길은 대전역에서 옥천역까지 이어진 길이다. 그래서 그 출발지를 가져와 대전길이라고 하는데, 대전역에서 옥천역까지는 6개의 거점이 있고, 그 거리는 약 18.2km이다.

1. 대전역, 광장
2. 신흥역
3. 판암역

4. 대청동 다목적회관
5. 군북면사무소
6. 옥천역, 광장

대전역에서 옥천역까지는 약 18.2km이다. 이 거리는 대전역에서 오후 1시에 출발하기에는 좀 먼 거리이다. 오전 9시에 출발하면 오후 4시 안에 마칠 수 있다.

지원차량은 대전역 광장에서 대전역을 바라보고 왼쪽에 있는, 대전역 서

광장 2주차장에 주차하면 되는데, 바로 앞에 철마주차장이 있어 여차하면

잘못 들어갈 수 있으니 주의하여야 한다. 그리고 동광장으로 가지 않아야

한다. 간혹 네비게이션에 대전역을 찍고 가면 동광장으로 가는 경우가 있

으니 주의하여야 한다.[1]

---

1) 『2019 노무현 순례길』 깨학연구소 엮음, 서울 2020, 행복한마음. 239~258쪽
을 보면 도움이 될 것이다. 알길 연대 행사인, 2019 노무현 순례길과 2020 노
무현 순례길에서는 대전길이 10구간이었는데, 2021 노무현 순례길부터는 알
로이시오길과 마찬가지로 11구간이 될 거 같다. 2020년 5월까지는 세종시를
들르지 않고 조치원역에서 곧장 신탄진역으로 갔는데, 2020년 6월 6일~9일
까지 조치원 → 세종시청, 그리고 세종시청 → 신탄진 구간을 개척함에 따라,
이후 진행되는 노무현 순례길에서는 한 구간이 늘어나게 되어, 신탄진길부터
는 날자와 구간이 하나씩 뒤로 밀리게 되었다. 즉 그 전에는 신탄진길이 9구간
이었는데 앞으로는 10구간이 될 것이다.

신흥역(Sinheung station)은 총 네 개가 있다. 첫째는 서울 지하철 8호선의 신흥역(新興驛)이고, 둘째는 북한 신흥선의 신흥역이고, 셋째는 인천 남부역의 다른 이름이고, 넷째는 알로이시오길 중 대전길에서 지나가는 대전도시철도 1호선의 신흥역(新興驛)이다.[2]

판암 역 (板岩驛, Panam station)은 대전길 첫 번째 휴식장소인데, 대전 역 에 서 판암역까지는 약 3.3km이다.

판암역은 대전광역시 동구 판암동에 있는 대전 도시철도 1호선의 전철역으로, 병기역명은 대전대이다. 하지만 대전대학교는 약 3.5km 정도 멀리 떨어져 있어, 시내버스로 환승하여 접근하여야 하며, 판암역부터 반석역까지는 모두 지하 구간이다.[3]

---

2) 『위키백과』
3) 『위키백과』

대청동 다목적회관은 대전길 두 번째 휴식장소로, 판암역에서 대청동 다목적회관까지는 약 4.5km이다. 다목적회관 들어가는 길 오른쪽에는 정자가 있고, 마당에는 잔디가 깔려 있으며 건물 안에는 화장실이 있다. 대청동 다목적화관까지는 좀 먼거리이기 때문에 중간 괜찮은 장소에서 한 번 쉬어가는 것이 좋다.[4]

▲ Photo by 김홍주

4) 『2019 노무현 순례길』 깨학연구소 엮음, 서울 2020, 행복한마음. 256쪽에는 대청동 다목적회관 입구 오른쪽에 있는 정자 사진이 있다. 당시 2019년 노무현 순례길 때에는 그 정자에서 점심을 먹었다. 점심은 미리 주문해 놓은 배달 도시락이었다.

군북면사무소는 두 개가 있다. 하나는 경남 함안군 군북면 지두2길에 위치하고 있고, 다른 하나는 충청남도 금산군 군북면 산꽃로에 위치하고 있는데, 알길에서 지나가는 곳은 충청남도 금산군에 있는 것이다.

대전길에서는 군북면사무소 주위에서 점심을 먹는다. 정통옛날 손짜장 식당에서 점심을 먹고 그 앞에 있는 GS25 편의점 주위에서 쉬는 것도 괜찮다. 아마 오전 9시에 대전역을 출발한다면 오후 1시 경에 군북면사무소 근처에 당도할 것이다. 대청동 다목적 회관에서 군북면사무소까지는 약 5.3km이기 때문에 중간에 한 번 쉬어가는 것이 좋다. 아쉬운 것은 화장실이 있는 휴식 장소가 없다는 것이다.

옥천역(沃川驛, Okcheon station)은 충청북도 옥천군 옥천읍 금구리에 있는 경부선의 철도역이다. KTX는 정차하지 않으며,

무궁화호가 상행 18회, 하행 18회 정차한다.[5] 군북면사무소에서 옥천역까지는 약 5.4km로 다소 먼 거리이다. 중간에 한 번 쉬어가는 것이 좋다. 혹 옥천에서 숙박을 해야 하는 분들이 있다면 '옥천명가' 에서 자고 갈 것을 추천한다. 깨끗하고 저렴하며 아늑함과 무료 토스트가 좋았다.

R11, B1, 대전길

대전길을 만든 사람들

강상호, 김경순, 김영훈, 김춘선, 김홍주, 김홍중, 고영효,
방석준, 윤미옥, 이윤자, 이태주, 인치석, 장동주, 정진수,
조기찬, 조연길, 진종식.

▲ Photo by 김홍주

▲ Photo by 김홍주

R11, B1, 대전길 **231**

R12

B코스 2구간

옥천길

제1회 알로이시오길, R12 포스터

R12 옥천길 포스터는 아래와 같다.

R12, B2, 옥천길

구간 대장, 강혜경 출사표

알로이시오 신부님!! 평생을 이땅의 가난한 사람들과 함께 하셨던 숭고한 정신을 존경합니다. 고귀한 발자취를 찾아 걷는 가난한 사람들의 국토대장정, 알로이시오길에 동참하게 되어 무척 기쁩니다. 이 길을 걸으며 작은 소망이 있다면, 나를 돌아보고 내 주변을 돌아보는 따뜻한 마음을 간직하며 사는 것입니다.

역지사지!! 누구나 이말의 의미나 뜻을 알지만, 누구나 실천할 수 있는 쉬운 말은 아닙니다. 서로가 다름을 이해하고 공감하는데 많은 시간과 노력이 필요하다고 생각됩니다. 지게꾼이 들고 다니는 보잘것 없는 작대기!! 그 작대기가 없다면 무거운 짐을 지고 일어서고 내려 놓을수가 있을까요? 저는 늘 누군가에게 소중한 작대기 같은 그 무엇이 되고 싶습니다. 알로이시오 신부님처럼요!!

2020년에는 참 의미있는 일들이 많았습니다. 소중한 기억도 많았는데, 무엇보다도 코로나19로 인해 진행된 언택트국토대장정이 가장 기억에 남을 것 같습니다. 알로이시오길에 여러분을 초대합니다. 10월 10일, 옥천길에 많은 관심과 응원 부탁드립니다.[1]

강혜경, 2020. 10. 7.

---

1) 위 내용은 강혜경 대장의 출사표를 간단히 요약한 것이다.

R12, B2, 옥천길

구간 대표주자, 김공주 출사표

가난한 모든 이웃과 함께 하겠습니다. 10월 10일, 알로이시오길 B코스 2구간, 옥천길을 함께 걷겠습니다.

알로이시오길 A코스 2구간, 국회의사당에서 함께 하려던 걸음을 동백이를 촬영한 예쁜 옥천~심천길로 옮깁니다.

동백꽃 대신 코스모스를 기대하며 걷겠습니다. 이렇게, 함께한 길들이 쌓여갑니다.[2]

김공주, 2020. 10. 7.

---

2) 위 내용은, 김공주 대표주자의 출사표 중 그림을 제외한 글을 가져와 의미를 보충한 것이다.

R12, B2, 옥천길

옥천길에 대한 단상

알로이시오길은 역에서 출발하여 역을 따라 걷다가 역에서 하루 일과를 마치게 된다.

B코스 2구간인 옥천길은 옥천역에서 심천역까지 이어진 길이다. 그래서 그 출발지를 가져와 옥천길이라고 한다.

옥천역에서 심천역까지는 약 20km이다. 아래는 옥천길에 있는 주요 거점을 순서대로 적은 것이다.

1. 옥천역, 광장
2. 이원역, 광장
3. 지탄역
4. 심천역, 광장

옥천역 주차장은 역을 바라보고 왼쪽에 있다. 주차비는 무료이나, 주차장이 크지 않아 주차하기 어려운 측면이 있다.

이|원역(伊院驛, Iwon station)은 충청북도 옥천군 이원면 강청리에 있는 철도역으로, 한국철도공사가 관할하는 경부선이 지난다. 이 역 주변에 순직 철도인 위령원이 있어 추모를 위한 임시 열차가 간혹 운행하기도 한다.[3]

---

3) 『위키백과』

▲ Photo by 김홍주

옥천역에서 이원역
까지는 약 8.4km
이다. 상당히 먼 거
리이니 약 3km 지
점에 있는 군남초등
학교 부근에서 한
번 쉬어가는 것이

좋다. 그리고 다시 3km 정
도 가서, 깔딱 고개를 넘어가
기 전에 한번 더 쉬어가는 것
이 좋은데, 지원차량이 정차
할 곳이 마땅치 않을 수도 있
다.[4]

옥천길에서는 이원역 부근에
서 점심 식사를 하면 좋다.
북경반점이라는 중식당도 있
고 돼지국밥을 파는 곳도 있
다.

지탄역

탄역(池灘驛, Jitan station)은 충청북도 옥천군 이원면 지탄리에 위치
한 경부선의 철도역이다. 여객 수요가 감소하면서 2007년 6월에 여객 취
급이 중지되었지만, 주변의 지탄리 주민과 영동군 심천면 주민들이 불편
을 호소하여 민원이 증가하자, 옥천군에서 한국철도공사와 협의하여 여객

---

4) 『2019 노무현 순례길』 깨학연구소 엮음, 서울 2020, 행복한마음. 260~288쪽
에 있는 옥천길 내용을 보면, 옥천길의 전체적인 분위기를 파악하는데 도움
이 될 것이다.

▲ 지탄역, Photo by 김홍주

열차 정차에 필요한 가드레일 등 안전 시설과 무선방
송 설비, 역 운영에 필요한 전기료 등 비용 일체를 옥
천군이 부담하기로 합의하였고, 무인 간이역으로 운
영하기로 하여 여객 취급을 재개하였다. 2020년 7월
기준 무궁화호가 상·하행 1회씩 정차하고 있다.[5]

지탄역은 무인역으로 운영되기 때문에 역무원이 없
다. 지원차량은 역 앞에 주차할 수 있고, 화장실은 건
물 왼쪽에 있다. 역 건물 뒤쪽으로 나가, 선로를 따라
죽 늘어선 다음 기념 촬영하면 좋다.

5) 『위키백과』

심

천역(深川驛, Simcheon station)은 충청북도 영동군 심천면 심천리에 있는 경부선의 철도역이다. 1934년 9월 31일에 경부선 복선화 공사에 의해 역 건물이 지어졌는데, 그 원형이 잘 보존되어 있어 건축적으로 철도 사적으로 가치가 큰 것으로 평가되어 2006년 12월 4일에 등록문화재로 지정되었다.[6] 지탄역에서 심천역까지는 약 4.6km이다. 중간에 한 번 쉬어가면 좋다. 심천역에 도착하면 건물 외부에 나무로 된 긴 마루가 있어서 드러눕거나 앉아서 사진을 많이 찍는데, 피부가 약한 사람은 가려울 수 있다.

▼ 심천역, Photo by 이강욱

R12, B2, 옥천길

옥천길을 만든 사람들

강혜경, 김공주, 김승태, 김영훈, 김홍주, 서대운, 신옥순,

이강옥, 정진수, 최종혁, 홍수길, 나팔꽃, 부르닉, 비울이, 촛불이지.

R13

B코스 3구간

심천길

제1회 알로이시오길, R13 포스터

R13 심천길 포스터는 아래와 같다.

R13, B3, 심천길

심천길에 대한 단상

알로이시오길은 역에서 출발하여 역을 따라 걷다가 역에서 하루 일과를 마치게 된다. B코스 3구간인 심천길은 심천역에서 황간역까지 이어진 길이다. 그래서 그 출발지를 가져와 심천길이라고 한다. 심천역에서 황간역까지는 약 27~30km이다. 아래는 심천길에 있는 주요 거점을 순서대로

▼ Photo by 김홍주

적은 것이다.

1. 심천역, 광장
2. 각계역
3. 약목리 SK주유소
4. 말벌주유소
5. 영동생활체육공원
6. 영동역
7. 영동읍 동일주유소
8. 영동읍 대성주유소
9. 노근리평화공원
10. 황간역, 광장

심

천길을 달리 '안드레아길' 이라고 한다. 이는 B코스를, 발바닥이 전부 망가지고 골반이 뒤틀리는 상태에서도 불굴의 의지로 완주한 김영훈 안드레아를 기념하기 위해, 그가 홀로 걸었던 심천길에 그의 세례명을 가져와 붙인 이름이다.

심천역 주차장은 역 앞에 있다. 주차장이 협소하지만 아침 9시 전에는 주차하는데 아무 문제 없다.

심천역에서 황간역까지는 어떻게 가느냐에 따라 27km가 되기도 하고 30km가 되기도 한다. 알길에서 어떤 구간의 길이, 쉬는 곳과 화장실 주차장 등을 고려하여 정해지면, 그 정해진 길을 반복해서 걷는다. 그렇게 해야 그 길에 대한 정보가 많이 쌓일 수 있다. 물론 더 좋은 길을 만들기 위해 중간 중간 조금씩 바꾸려는 노력은 있을 수 있으나, 구간 대장이 누구냐에 따라 그때 그때 일회성으로 바뀌는 것은 바람직하지 않다. 그 길에 대한 정보가 쌓이지 않기 때문이다.

▲ 각계역 건물, Photo by 김홍주

각

계역은(覺溪驛, Gakgye station) 충청북도 영동군 심천면 각계리에 있는 경부선의 철도역이다. 2014년 4월 30일 까지는 동대구발 서울행 제1304 무궁화호 열차만 정차하였으나, 5월 1일부터, 동대구발은 영주행 제4301 무궁화호 열차만 정차하고 있다.[1]

각계역에는 화장실이 없으며 쉴만한 장소 역시 없으니 각계역은 들르지 않아도 된다. 하지만 각계역까지 갔다면 걷는 참가자는 각계역 옆에 있는 토끼굴을 통과하여 반대편으로 나가고, 지원 차량은 좀 더 가서 굴다리를 유턴하여 걷는 일행과 만나면 된다.

심천역에서 약목리 SK주유소 까지의 이동경로는 왼쪽 그림과 같다.

_____

1) 『위키백과』

약목리 SK주유소를 심천길 첫 번째 휴식장소로 하는 것이 좋다. 그 이유는 심천역에서 약목리 SK주유소까지는 약 5km인데 그 중간에 이용 가능한 화장실이 없기 때문이다. SK주유소의 주소는 충북 영동군 심천면 약목리 739-1번지이다.

말벌주유소는 심천길 두 번째 휴식장소로, 약목리 SK주유소에서 말 벌주유소까지는 약 2.2km이다. 말벌주유소는 충북 영동군 영동읍 오탄 리 750-6번지에 위치하고 있다.

영동 생 활 체 육 공 원 은 심천길 세 번째 휴식장 소로, 말벌주유소에서 영 동생활체육공원까지는 약 3.7km이다. 영동생활체육 공원의 주소는 충청북도 영 동군 영동읍 계산리 856-7 번지로, 공원 안에는 화장실 이 2군데 있고 주차공간이 많이 있어서 좋다. 이동경로 는 오른쪽 그림과 같다.

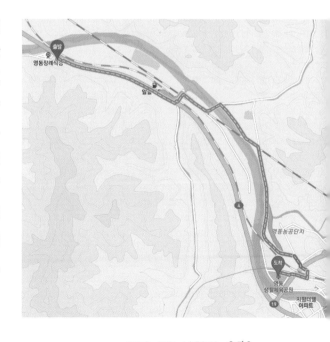

영동역(永同驛, Yeongdong station)은 충청북도 영동군 영동읍 계산리에 있는 경부선의 철도역이며 영동군의 중심역이다. 통영대전고속도로가 개통되기 전에는 전라북도 무주군민들 또한 버스편을 통해 영동역을 많이 이용했다.[2]

영동생활체육공원에서 영동역까지는 약 2.4km이고, 이동 경로는 아래 그림과 같다. 아래 그림은 자전거로 갔을 때 걸리는 시간을 표시한 것이다.

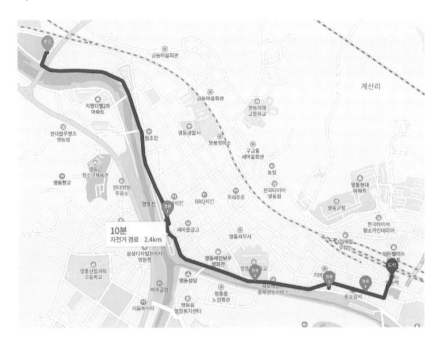

오른쪽 페이지 상단 그림은 영동역에서 찍은 사진이다.

───────────────

2) 『위키백과』

▲ 영동역에서, Photo by 김흥주

동 일주유소는 충청북도 영동읍 주곡리 451-2번지에 위치하고 있으며, 영동역에서 동일주유소까지는 약 2.9km이다.

대 성주유소는 충청북도 영동군 영동읍 가리 856-1에 위치하고 있으며, 동일주유소에서 대성주유소까지는 약 3.5km이다.

노근리 평화공원은 노근리 양민 학살 사건의 기억과 추모 그리고 진상조사와 재발 방지를 위해 세워진 공원이다.

노근리 양민 학살 사건(老斤里良民虐殺事件, No Gun Ri Case)은 한국 전쟁 중 1950년 7월 25~29일 사이에, 미군 제1기병사단 제7기병연대 예하 부대가 충청북도 영동군 황간면 노근리 경부선 철로와 쌍굴다리에서 민간인 피난민 속에 북한군이 잠입했다고 생각하고 폭격과 기관총 발사로 민간인들을 살해한 사건이다.

노근리 사건을 실제 경험했던 생존피해자와 유족들인 정은용, 정구도, 양해찬, 정구호, 서정구씨 등으로 구성된 노근리 사건 대책위원회(위원장 : 정은용)에서는, 1994년에, 사망자 135명, 부상자 47명 등 모두 182명의 희생자를 확인했으며, 400여명의 희생자가 대부분 무고한 양민들이었음을 확인했다. 현재 살아남은 사람은

겨우 20여명이다.[3] 대성주유소에서
노근리평화공원까지는 약 5.4km이
다.

황간역(黃澗驛, Hwanggan station)
은 충청북도 영동군 황간면 마산리에
있는 경부선의 철도역이다. 현재 영
업중인 역 중에서 경부선의 정중앙점
과 가장 가까운 역이다. 황간역에서
는 1일 하행 8편, 상행 7편의 무궁화
호가 정차한다.[4]

노근리평화공원에서 황간역까지는
약 4.2km이다. 지원차량은 황간역
광장 빈 곳에 주차하면 되는데, 주차
비는 무료이다.

---

3) 『위키백과』
4) 『위키백과』

R13, B3, 심천길

심천길을 만든 사람들

김영훈, 김홍주, 이강옥.

R14

B코스 4구간

황간길

제1회 알로이시오길, R14 포스터

R14 황간길 포스터는 아래와 같다.

R14, B4, 황간길

황간길에 대한 단상

알로이시오길은 역에서 출발하여 역을 따라 걷다가 역에서 하루 일과를 마치게 된다. B코스 4구간인 황간길은 황간역에서 김천역까지 이어진 길이다. 그래서 그 출발지를 가져와 황간길이라고 한다.

황간역에서 김천역까지는 약 27~30km이다. 아래는 황간길에 있는 주요 거점을 순서대로 적은 것이다.

1. 황간역, 광장
2. 사부리주유소
3. 추풍령역, 광장
4. 봉산주유소
5. 대화주유소
6. 부곡근린공원
7. 김천역, 광장

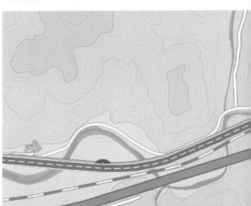

황간역의 주차장은 역 광장에 있는데, 대체로 주차 공간은 많은 편이다. 황간길 구간 대장은 사전에 답사하여 100명이 참

가했을 때를 가정하여 주유소, 공장, 연구소, 성당 등에서 화장실이 있는 휴식장소를 알아볼 필요가 있다. 황간길에는 황간역을 출발하여 난계로를 따라 중앙백신연구소 앞까지 간 다음, 계속 난계로를 따라 추풍령역급수탑공원까지 가는 남쪽길과 사부리주유소를 경유하여 추풍령역으로 가는 북쪽길이 있는데, 아래 그림 중 위가 북쪽길이고 아래가 남쪽길이다.

남쪽길은 북쪽길 보다 걷기 쉬운 반면 달리는 차들로 인해 위험하고, 북쪽길은 남쪽길보다 걷기 어려운 반면 달리는 차가 많지 않고 인도가 나오기 때문에 덜 위험하다. 황간역에서 북쪽 추풍령역이나 남쪽 급수탑공원까지의 거리는 약 9.2km인데, 추풍령역이나 급수탑공원 모두 화장실이 잘 되어 있고, 무료로 주차할 공간이 많이 있다.

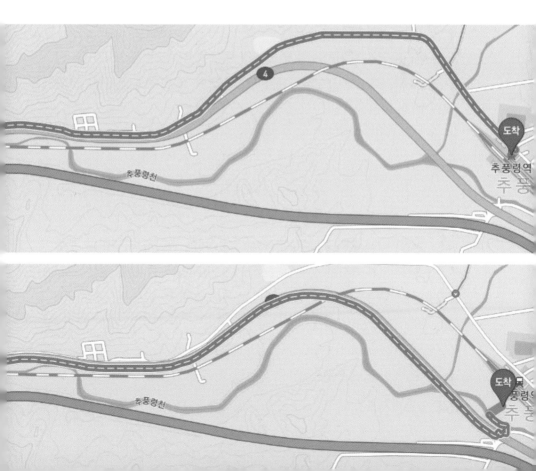

<big>사</big>부리주유소의 위치는 충북 영동군 추풍령면 추풍령로 257이다. 만일 중앙백신연구소에서 북쪽길을 선택하였다면, 황간역에서 사부리주유소까지는 약 7.4km이다.

<big>추</big>풍령역(秋風嶺驛, Chupungnyeong station)은 충청북도 영동군 추풍령면 추풍령리에 위치한 경부선의 역으로, 경부선 역 중 가장 높은 위치에 있다. 2003년 1월 28일 등록문화재 제47호로 지정된 추풍령역 급수

탑이 역 구내에 있다. 무궁화호가 하루 상행 6편 하행 7편 정차한다.[1]

황간역에서 추풍령역까지는 약 9.2km 정도 된다. 중간에 한두 번 정도 쉬어 가면 좋은데, 북쪽길을 선택하여 추풍령역으로 간 경우에는, 추풍령역에서 기념 사진을 찍은 다음 괜찮은 곳에서 점심을 먹으면 된다. 만일 남쪽길을 선택하여 급수탑공원으로 간 경우에는 공원에서 휴식을 취한 다음 이동하는 중에 괜찮은 곳에서 점심 식사를 하면 된다. 참가자가 30명 정도 되면 배달 도시락을 미리 주문하여 공원에서 점심을 먹는 것도 하나의 방법이 될 수 있다.

봉산주유소의 위치는 경북 김천시 봉산면 봉산로 325이다. 추풍령역에서 봉산주유소까지는 약 4.4km이다.

---

1) 『위키백과』

신암역(新岩驛, Sinam station)은 경상북도 김천시 봉산면 신암리에 위치한 경부선의 신호장이다. 여객열차가 한번도 정차한 적이 없기 때문에 승강장이 없다.[2] 알길에서는 들르지 않는 역이다.

대화주유소는 경북 김천시 봉산면 영남대로 776에 있다. 봉산주유소에서 대화주유소까지는 4.6km이다.

부곡근린공원은 황간길 마지막 휴식 장소로, 주소는 김천시 부곡동 1337이다. 대화주유소에서 부곡근린공원까지는 약 6.7km이고 공원에는 화장실이 있다. 부곡근린공원 가는 길에 영남제일문을 지나 간다.

2) 『위키백과』

▼ 영남제일문 앞에서, Photo by 류경도

직 지사역(直指寺驛, Jikjisa station)은 경상북도 김천시 대항면 덕전리에 위치한 경부선의 역이다. 인근에 직지사가 있으며, 역 구내에 박해수 시인의 시 직지사역 시비가 있다.[3] 직지사역을 들르면 4km가 늘어난다.

김 천역(金泉驛, Gimcheon station)은 경상북도 김천시 평화동에 있는 경부선과 경북선의 철도역이다. 경북선의 기점이며, 모든 ITX-새마을과 무궁화호가 정차한다. 역 구내에 김기승소(김천기관차승무사업소)가 있으며[4] 부곡근린공원에서 김천역까지는 약 2.6km이다.

---

3) 『위키백과』
4) 『위키백과』

▼ 김천역 광장, Photo by 류경도

R14, B4, 황간길

황간길을 만든 사람들

김영훈, 김홍주, 류경도

R15

B코스 5구간

김천길

제1회 알로이시오길, R15 포스터

R15 김천길 포스터는 아래와 같다.

R15, B5, 김천길

구간 대장, 윤경숙 출사표

안녕하세요, 알로이시오길 중 B코스 5구간, 김천길 대장을 맡은 윤경숙입니다.

함께사는 세상에는 정치, 종교, 국가를 초월하는 함께 할 가치들이 있다고 생각합니다.

▼ Photo by 이강옥

모두가 함께 잘 사는 세상의 플랫폼이 되고 싶은 마음으로 제 고향 김천에서 알로이시오길에 동참하려고 합니다.

알로이시오길, B코스 5구간은 10월 13일 오전 9시 김천역에서 출발합니다. 함께 사는 사람 사는 세상!! 같이 만들었으면 합니다. 감사합니다.

윤경숙, 2020. 10. 7

R15, B5, 김천길

김천길에 대한 단상

알로이시오길은 역에서 출발하여 역을 따라 걷다가 역에서 하루 일과를 마치게 된다.

B코스 5구간인 김천길은 김천역에서 구미역까지 이어진 길이다. 그래서 그 출발지를 가져와 김천길이라고 한다.

김천역에서 구미역까지는 약 24km이다. 아래는 김천길에 있는 주요 거점을 순서대로 적은 것이다.

1. 김천역, 광장
2. 덕곡체육공원
3. 남면오일뱅크
4. 대신역
5. 아포읍 대신리 하나로마트
6. 아포읍 하나로마트 본점
7. 구미시 창암주유소
8. 구미역

김

천역 주차장은 김천역을 바라보고 오른쪽 안쪽으로 들어가야 하며, 유료이다.

지원차량이 유료주차장에 주차한 상태에서 물품을 오르내리기가 쉽지 않다. 오전 9시 전에 주차할 때는, 역 주차장 가기 전 왼쪽에 있는 파출소 주차장에 정차한 다음 물품을 내리면 좋다.

▲ Photo by 김홍주

덕

곡체육공원의 주소는 경북 김천시 덕곡동 1081-2이고, 김천역에서 덕곡체육공원까지는 약 4.2km이다.

남

면오일뱅크의 주소는 경북 김천시 남면 아포대로 345이고, 덕곡체육공원에서 남면오일뱅크까지는 약 4.4km이다.

▲ Photo by 이강옥

대신역(大新驛, Daesin station)은 경상북도 김천시 아포읍 대신리에 위치한 경부선의 역으로, 역 구내에 박해수 시인의 시, 대신역 시비가 있다.

2008년 12월 1일부터 여객 취급이 중지되었으며, 2020년 현재 새롭게 단장하여 카페로 운영되고 있다.[1] 아래 그림은 카페의 내부 사진이다. 대신역은 꼭 들를 필요는 없다.

▲ Photo by 이강옥

---

1) 『위키백과』

아포읍 대신리 하나로마트는 경북 김천시 아포읍 대신리 801-1 에 위치하고 있다.

남면오일뱅크에서 대신리 하나로마트까지는 약 2.7km인데, 이동경로는 아래 그림과 같고, 이 사이에서 점심 식사를 하면 좋다.

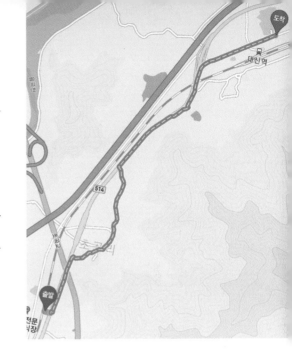

아포읍 하나로마트 본점의 주소는 경북 김천시 아포읍 국사리 124-5 이고, 대신리 하나로마트에서 본점까지는 약 5.4km로 아래 그림과 같다.

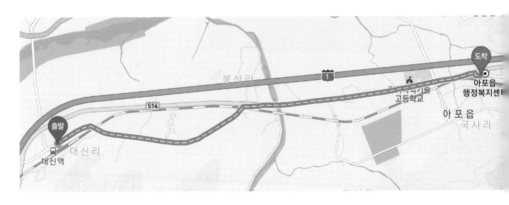

아

포 역(牙浦驛, Apo station)은 경상북도 김천시 아포읍 국사리에 위치한 경부선의 철도역이다. 1998년, 역 구내에 컨테이너 하차장이 설치되어, 구미지역의 수출입 화물을 취급하게 되었다.

2011년 10월 4일까지 무궁화호가 1일 상행 1회 하행 2회 총 3회 정차하였으나, 이후부터 열차운행시간표 개정으로 인해 무정차 통과하고 있다.[2] 알길에서는 아포역에 들르지 않고 그냥 지나간다.

▲ Photo by 이강옥

창

암주유소의 위치는 경북 구미시 야은로 191이고, 아포읍 하나로마트 본점에서 창암주유소까지는 약 5.6km이다.

---

2) 『위키백과』

구미 역(龜尾驛, Gumi station)은 경상 북도 구미시 원평동에 있는 경부선의 기차역 이다.

1916년에 영업을 시 작하여, 개축 및 증 축을 거듭해 오다가 2006년에 선상 종합 역사로 이전하였다. 김천시 남면 옥산리에 있는 KTX 김천(구미)역 보다 이용객이 많다.[3] 창암주유소에서 구미 역까지는 약 3.3km이 다.[4]

▲ Photo by 이강옥

3) 『위키백과』
4) 『위키백과』

R15, B5, 김천길

김천길을 만든 사람들

김영훈, 김홍주, 윤경숙, 이강옥, 홍주희.

R16

B코스 6구간

구미길

제1회 알로이시오길, R16 포스터

R16 구미길 포스터는 아래와 같다.

R16, B6, 구미길

구미길에 대한 단상

알로이시오길은 역에서 출발하여 역을 따라 걷다가 역에서 하루 일과를 마치게 된다.

B코스 6구간인 구미길은 구미역에서 연화역까지 이어진 길이다. 그래서 그 출발지를 가져와 구미길이라고 한다.

구미역에서 연화역까지의 거리는 약 26.8km이며, 아래는 구미길에 있는 주요 거점을 순서대로 적은 것이다.

1. 구미역, 앞광장
2. 송정공원
3. 새마을운동 테마공원
4. 인평주유소
5. 약목역

6. 오일뱅크
7. 왜관역
8. SK주유소
9. 연화역, 터

구미역은 역 건물 2층에 있고, 3~5층은 주차장이다. 지원차량은 역 주차장에 주차한 다음 물품을 옮겨야 하기 때문에 다소 불편하다. 그리고 구미역과 김천구미역은 다르니 주의하여야 한다.

▲ Photo by 김홍주

<big>송</big>정공원은 구미길 첫 번째 휴식장소이다. 송정공원의 위치는 경상북도 구미시 송정동 448번지이고, 구미역에서 송정공원까지는 약 2.6km이다. 송정공원에는 화장실과 주차장이 있다.

<big>새</big>마을운동 테마공원은 구미길 두 번째 휴식장소이다. 송정공원에서 새마을운동 테마공원까지는 약 4.5km이다.

인
평주유소의 주소는 경상북도 칠곡군 북삼읍 금오대로 2130이고, 새마을운동 테마공원에서 주유소까지는 약 3.6km이다.

약
목역은(若木驛, Yangmok station)은 경상북도 칠곡군 약목면 복성리에 위치한 경부선의 철도역이다. 무궁화호가 상행 7편, 하행 4편 정차한다.[1] 인평주유소에서 약목역까지는 약 4.1km이다.

---

1) 『위키백과』

▼ Photo by 김홍주

오일 뱅크의

주소는 경북 칠곡군 약목면 무림리 797-1이다.

약목역에서 오일 뱅크까지의 거리는 약 2.1km이고, 이동경로는 오른쪽 그림과 같다.

왜관역(倭館驛, Waegwan station)은 경상북도 칠곡군 왜관읍 왜관리에 있는 경부선의 철도역이다.

1905년에 낙동강 동변 왜관의 설치와 더불어 건설되어 영업을 시작하였다. 모든 정규 무궁화호 열차가 정차하며, 주변에 낙동강과 다부동전적기념관이 있다.[2] 오일뱅크에서 왜관역까지의 거리는 약 5.5km이다.

---

2) 『위키백과』

▲ Photo by 김홍주

S_K 주유소의 주소는 경북 칠곡군 왜관읍 삼청리 457-5이고, 왜관 역에서 주유소까지의 거리는 약 3.1km이다.

연화역(蓮化驛, Yeonhwa station)은 경상북도 칠곡군 지천면 연화리에 위치한 경부선의 철도역이다. 2008년 12월 1일 열차시간표 개정으로 인해 모든 여객열차가 정차하지 않고 통과한다. '연화'라는 이름은 1914년 지천면으로 편입 당시 도암지(道岩池)에 연꽃이 많다고 해서 붙여진 이름이다. 인근에 대규모의 군부대가 자리잡고 있어서 군용 화물취급을 위한 전용선이 설치되어 있다.[3] SK주유소에서 연화역까지는 약 3.3km이다.

▲ Photo by 김홍주

연화역은 열차 운행이 중단된 이후, 2020년 10월 현재 주변 공사가 진행중이어서 황량하였다. 알길 참가자가 구미길 일과를 마친 후 귀가할 때는 기차를 이용할 수 없기 때문에 택시 등 다른 대중교통을 이용하여야 한다. 지원차량이 주차할 곳은 주위에 있으나 화장실은 없다.

2021년에 서대구역이 신설되고 영업을 시작함에 따라, 역 건물이 없는 연화역을 거치지 않기 위해, 구미역에서 왜관역까지(약 20km)만 걷고, 왜관역에서 서대구역까지(약 28~30km) 걸은 다음, 서대구역에서 경산역까지(약 21km) 걷는 것으로 구간 조정을 할 필요가 있다.

---

3) 『위키백과』

R16, B6, 구미길

구미길을 만든 사람들

김영훈, 김홍주.

R17

B코스 7구간

연화길

제1회 알로이시오길, R17 포스터

R17 연화길 포스터는 아래와 같다.

R17, B7, 연화길

연화길에 대한 단상

알로이시오길은 역에서 출발하여 역을 따라 걷다가 역에서 하루 일과를
마치게 된다.

B코스 7구간인 연화길은 연화역에서 대구역까지 이어진 길이다. 그래서
그 출발지를 가져와 연화길이라고 한다. 연화역에서 대구역까지의 거리는
약 26km이다. 아래는 연화길에 있는 주요 거점을 순서대로 적은 것이다.

1. 연화역, 터
2. 신동역
3. 지천역
4. 서대구역
5. 수창공원
6. 대구역, 광장

연화역은 운행을 하지 않는 역이므로 아침 일찍 연화역에 올 때에는 자가용이나 택시를 이용하는 것이 좋다. 2019년 5월에는 사람이 모여서 출발할 평지가 넓게 펼쳐져 있었는데[1] 2020년 5월과 10월에는 주위가 공사중이어서 모일 공간이 마땅하지 않았다. 지원차량은 길가에 잠시 정차할 수 있으나, 화장실은 없다.

---

1) 『2019 노무현 순례길』 깨학연구소 엮음, 서울 2020, 행복한마음. 374쪽 두 번째 그림을 보면 2019년의 연화역 풍경을 감상할 수 있다.

▼ Photo by 류경도

신동역(新洞驛, Sindong station)은 경상북도 칠곡군 지천면 신리에 위치한 경부선의 철도역이다. 여객열차가 정차하는 대신 경부고속선이 분기하였는데, 경부고속선 대구도심구간이 이설되면서 경부고속선이 분기하지 않게 되었다. 하행 3회, 상행 2회의 경부선 무궁화호와 상행 1회의 충북

선 무궁화호가 정차한다. 이 역에서 신동화물선과 대구북연결선이 분기한
다.[2] 연화역에서 신동역까지는 왼쪽 페이지에서 보듯 빠른길과 느린길이
있는데, 빠른길은 약 4.3km로 가깝지만 위험하고, 느린길은 약 7.1km
로 멀지만 덜 위험하다.

지천역(枝川驛, Jicheon station)은 경상북도 칠곡군 지천면 용산리에 위
치한 경부선의 철도역이다. 여객열차가 통과하는 대신 신동화물선과 분기
한다.[3] 신동역에서 지천역까지는 약 8.7km로 상당히 먼 거리이다. 중간
에 한 번 쉬어가는 것이 좋은데, 아쉬운 것은 쉬어갈 만한 곳이 없다.

---

2) 『위키백과』
3) 『위키백과』

▲ Photo by 류경도

서대구역(西大邱驛, Seodaegu station)은 2021년, 대구광역시 서구 이현동에 신설될 예정인 경부선의 철도역이다. 향후 대구권 광역철도, 대구산업선, 달빛내륙선 등 여러 노선이 지나갈 예정이다.

이 역은 본래 화물 거점역으로 계획되었으나, 착공 이래 토목공사 등의 기반 시설과 역사 건립만 완료된 채 현재까지 영업을 시작하지 않고 사실상 방치되었다.

이후 21만 7,000m^{2}에 이르는 넓은 부지를 바탕으로 경부고속철도, 대구

권 광역철도 전철역이 조성되어 복합 환승 교통의 거점지로 개발될 예정이다.[4]

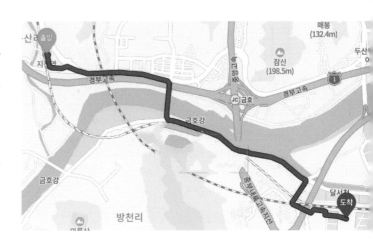

지천역에서 서대구역까지는 약 4.8km이고, 이동 경로는 오른쪽 그림과 같다.

수창공원의 주소는 대구 중구 태평로 3가 230-4번지이다. 공원 안에 화장실이 있고, 무료주차를 할 수 있다. 이 곳

은 100명 넘는 인원이 참가하여도 쉬어갈 수 있는 곳으로, 서대구역에서 수창공원까지는 약 4.8km이다.

---

4) 『위키백과』

대
구역(大邱驛, Daegu station)은 대구광역시 북구 칠성동 2가에 있는 경부선의 철도역이다. ITX-새마을, 무궁화호가 필수정차하는 역이다. 대구 도시철도 1호선 대구역과 롯데백화점 대구점이 지하에 구내 통로로 연결되어 있다. 따라서 지하철을 이용하여 경부선 대구역으로 바로 접근이 가능하다.[5]

_____

5) 『위키백과』

▲ 대구역, Photo by 류경도

R17, B7, 연화길

연화길을 만든 사람들

김영훈, 김홍주, 류경도.

▼ Photo by 류경도

R18

B코스 8구간

대구길

제1회 알로이시오길, R18 포스터

R18 대구길 포스터는 아래와 같다.

R18, B8, 대구길

대구길에 대한 단상

알로이시오길은 역에서 출발하여 역을 따라 걷다가 역에서 하루 일과를 마치게 된다. B코스 8구간인 대구길은 대구역에서 경산역까지 이어진 길이다. 그래서 그 출발지를 가져와 대구길이라고 한다. 대구역에서 경산역까지의 거리는 약 17km이다. 아래는 대구길에 있는 주요 거점을 순서대로 적은 것이다.

1. 대구역   2. 동대구역

▲ 대구역, Photo by 김홍주

대구역에는 지원차량이 도로 옆에 주차할 곳이 마땅치 않다. 도로 옆에 잠시 정차한 다음 물품을 내리고, 대구역 주차장에 주차하는 것이 좋다. 대구역을 바라보고 왼쪽 끝에서 접수 받으면 좋은데, 그늘이 없으니 우산 등을 이용해 그늘을 만드는 것도 하나의 방법이 될 수 있다.

▲ Photo by 김홍주

동 대구역(東大邱驛, Dongdaegu station)은 대구광역시 동구 신암4동에 있는 경부고속선과 경부선의 철도역이다. 인근에 대구 도시철도 1호선 동대구역, 동대구복합환승센터가 있으며, 대구 도시철도 1호선 동대구역은 남서쪽 동대구복합환승센터 옆에 있어 3번 출구를 이용하면 편리하게 이용이 가능하다. 이 역은 대구광역시 교통 중심지 역할을 담당하고 있다.

경부고속선, 경전선, 동해선 KTX, ITX-새마을, 무궁화호, 수서고속철도 SRT가 정차하고, 일부 열차는 이 역을 기점으로 운행한다.[1]

고 모역(顧母驛, Gomo station)은 대구광역시 수성구 고모동에 위치한 경부선의 철도역이다.

1925년에 영업을 시작했으며 2004년 7월 15일에 여객 취급이 중단되었고, 2006년 11월 1일에 무배치 간이역으로 격하되었다.

---

1) 『위키백과』

가천역(佳川驛, Gacheon station)은 대구광역시 수성구 가천동에 위치한 경부선과 대구선의 화물 전용 철도역이자 대구선의 기점이다. 대구선 이설과 함께 분기역으로 신설되었으며, 고모역의 화물역 기능을 인계받았다.

여객 취급을 하지 않아 일반인의 출입을 제한하고 있으며, 2010년까지 주로 경부고속철도 2단계 구간 공사 관련 화물을 취급했다. 역 구내에는 6,000여 톤 규모의 시멘트용

사일로가 있어서, 이 역에서 대구·경북권에 시멘트를 철도로 수송한다. 대구선은 이 역부터 영천역까지 모두 지상 구간이다.[2]

경산역(慶山驛, Gyeongsan station)은 경상북도 경산시 사정동에 있는 경부선의 철도역이자, 대구길이 끝나는 곳이다.

---

2) 『위키백과』

▲ Photo by 김홍주

R18, B8, 대구길

대구길을 만든 사람들

대구길을 만든 사람은 김영훈, 김홍주, 이강옥이다. 아래 그림 중 왼쪽 두
사람은 응원하러 와 주신 고마운 분들이다.

▼ Photo by 김홍주

R19

B코스 9구간

경산길

2020년 10월 17일

제1회 알로이시오길, R19 포스터

R19 경산길 포스터는 아래와 같다.

경산역(경부선에 있는 기차역으로 가천역과 삼성역 사이에 있다.)

R19, B9, 경산길

구간 대장, 강혜경 출사표

옥천길에 이어 경산길에 도전하는, 강혜경 인사드립니다.

알로이시오길은 신부님께서 처음 한국에 오셨을때 서울에서 부산까지 열차로 가신 길이었다고 들었습니다.

루게릭병으로 고통을 받으면서도 선종하실때까지 자신의 소명을 끝까지 이루신 신부님!! 고난과 역경에도 굴복하지 않는 신부님의 강한 사랑. 그 정신은 오늘을 살아가는 우리에게 자산이 될 거라 믿어의심치 않습니다.

고맙습니다. 감사합니다. 존경합니다.♡ 우리가 네오내오없이 소 알로이시오 신부님처럼, 봉사와 사랑으로 살아간다면, 마음이 가난한 사람들에게도 진정 아름다운 세상이 오지않을까요?

길은 힘들고 멀지라도, 소 알로이시오 신부님에 대한 존경심으로, 순례자의 길을 걷는 마음으로, 우리 함께 걸어요. 경산역에서 반갑게 뵙겠습니다.

강혜경, 2020. 10. 15

R19, B9, 경산길

경산길에 대한 단상

알로이시오길은 역에서 출발하여 역을 따라 걷다가 역에서 하루 일과를 마치게 된다.

B코스 9구간인 경산길은 경산역에서 청도역까지 이어진 길이다. 그래서 그 출발지를 가져와 경산길이라고 한다.

▼ Photo by 김홍주

경산역에서 청도역까지의 거리는 약 30km인데, 다음은 경산길에 있는
주요 거점을 순서대로 적은 것이다.

1. 경산역, 광장
2. 삼성역
3. 남성현역
4. 청도역, 광장

경산역에서 삼성역까지는 약 8km 정도 된다. 네이버나 다음에 있는 지도들이 사람이 다니는 길 모두를 담고 있는 것이 아니니까, 구간 대장들은 반드시 사전 답사를 하는 것이 좋고, 자전거길도 살펴볼 필요가 있다. 자전거길로 가면 경산역에서 청도역까지는 약 27km정도 된다.

▲ Photo by 김홍주

삼성역(Samseong Station)은 두 개가 있다. 하나는 서울 무역센터에 있는 삼성역(三省驛)이고, 다른 하나는 경상북도 경산시에 위치한 삼성역(三省驛)으로, 2004년에 여객 취급이 중지되어 모든 여객열차가 정차하지 않는다. 주소는 경상북도 경산시 남천면 삼성리 531번지이다.[1]

남성현역(南省峴驛, Namseonghyeon station)은 경상북도 청도군 화양읍 다로리에 위치한 경부선의 철도역이다. 무궁화호 열차가 1일 왕복 8회 정

---

1) 『위키백과』

차하며, 2003년 역 일대를 대대적으로 개보수하였다.[2]

청

도역(淸道驛, Cheongdo station)은 경상북도 청도군 청도읍 고수리에 있는 경부선의 철도역이다. 대부분의 무궁화호 열차와 일부 ITX-새마을이 정차한다. 원래 청도역은 지금의 역사보다 100여 미터 북쪽 지점에 있었는데, 초라한 목조단층 건물로, 이전의 남성현역의 규모보다 더 작은 것이었는데, 복선공사 때 현위치에 이건되었다가 2008년에 개축하였다.

---

2) 『위키백과』

▼ Photo by 김홍주

R19, B9, 경산길

경산길을 만든 사람들

강성오, 강혜경, 김영훈, 김수현, 김홍주,
문국환, 이강옥, 정진수, 최영은, 황경자.

▲ Photo by 강혜경

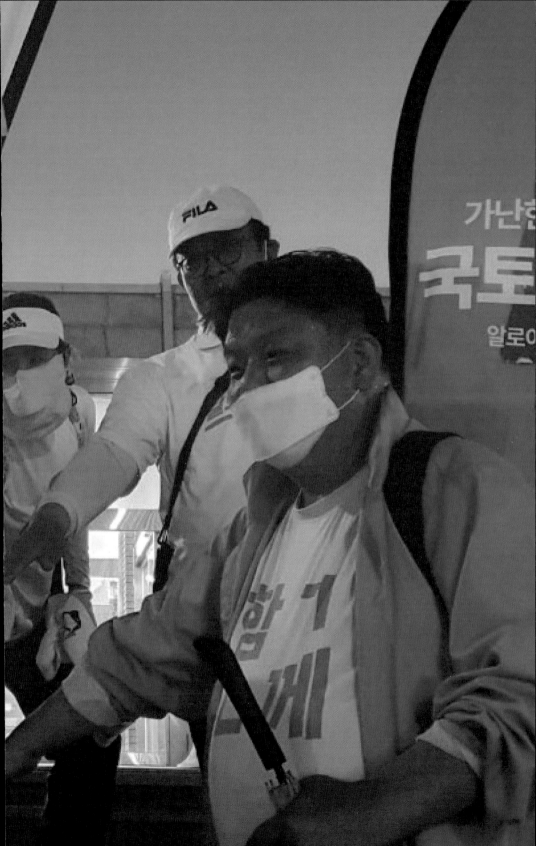

R20

B코스 10구간

청도길

제1회 알로이시오길, R20 포스터

R20 청도길 포스터는 아래와 같다.

R20, B10, 청도길

청도길에 대한 단상

알로이시오길은 역에서 출발하여 역을 따라 걷다가 역에서 하루 일과를 마치게 된다.

B코스 10구간인 청도길은 청도역에서 밀양역까지 이어진 길이다. 그래서 그 출발지를 가져와 청도길이라고 한다.

청도역에서 밀양역까지의 거리는 약 25km이며, 아래는 청도길에 있는 주요 거점을 순서대로 적은 것이다.

1. 청도역, 광장
2. 신거역
3. 상동역
4. 교동 SK주유소
5. 밀양시립도서관
6. 밀양역, 광장

▲ Photo by 김홍주

청 도역을 바라보고 왼쪽에 주차장이 있지만 좀 멀리있어서 행사물품
을 오르내리기가 쉽지 않다. 청도역 앞에 잠시 정차한 다음 행사물품을 내
리고 주차장에 주차하는 것이 좋다.

신거역(新巨驛, Singeo station)은 경상북도 청도군 청도읍 신도리에 위치한 경부선의 철도역이다. 1일 1회 정차했던 대구~마산 경전선 통근열차가 폐지된 후, 현재 여객열차가 정차하지 않는다.[1]

상동역(Sangdong station)은 세 개가 있다. 하나는 경상남도 밀양시 상동면 금산리에 있는 경부선의 상동역(上東驛)이고, 다른 하나는 전라북도 남원시 주생면 상동리에 있었던 전라선의 상동역(上洞驛)이며, 끝으로는 경기도 부천시 상동에 있는 서울 지하철 7호선의 상동역(上洞驛)이다.[2] 신거역에서 밀양 상동역까지는 약 7km이다.

---

1) 『위키백과』
2) 『위키백과』

교동 SK주유소의 주소는 경상남도 밀양시 교동 624-5번지로, 상동 역에서 주유소까지는 약 6km이다.

밀양시립도서관의 주소는 경상남도 밀양시 중앙로 265이고, 교동 SK

▼ Photo by 김홍주

주유소에서 도서관까지는 약 3.7km이다. 도서관 앞에는 그늘이 있고 앉을 만한 곳이 있으며, 화장실과 주차장이 있다.

밀양역(密陽驛, Miryang station)은 경상남도 밀양시 가곡동에 있는 경부선의 철도역이다. 경부선 구포경유 KTX의 모든 열차와 경전선의 일부 KTX, 그리고 대다수의 일반열차가 정차한다.[3] 밀양시립도서관에서 밀양역까지는 약 2.2km이다.

---

3) 『위키백과』

R20, B10, 청도길

청도길을 만든 사람들

강성오, 강혜경, 김영훈, 김홍주, 서대운,
이강옥, 최영은, 황경자.

▲ Photo by 강혜경

알로이시오길

R21

C코스 1구간

밀양길

제1회 알로이시오길, R21 포스터

R21 밀양길 포스터는 아래와 같다.

R21, C1, 밀양길

밀양길에 대한 단상

알로이시오길은 역에서 출발하여 역을 따라 걷다가 역에서 하루 일과를 마치게 된다. C코스 1구간인 밀양길은 밀양역에서 삼랑진역까지 이어진 길이다. 그래서 그 출발지를 가져와 밀양길이라고 한다.

밀양역에서 삼랑진역까지는 약 16km인데, 총 2개의 역과 2개의 인도교 그리고 밀양강 습지와 둑방이 있다. 아래는 밀양역에서 삼랑진역까지 걸을 때 지나가는 주요 거점을 순서대로 적은 것이다.

1. 밀양역, 광장
2. 남포다리, 인도교
3. 밀양강 습지, 산책로
4. 밀양강 둑방, 산책로
5. 삼상하교, 인도교
6. 트윈터널, 광장
7. 삼랑진우체국, 건너편
8. 삼랑진역, 광장

▲ Photo by 김주희

밀양역(密陽驛, Miryang station)은 경상남도 밀양시 가곡동에 있는 경부선의 철도역이다. 경부선 구포경유 KTX 모든 열차와 경전선 일부 KTX, 그리고 대다수의 일반 열차가 정차한다.[1]

---

1) 『위키백과』

남포다리는 남포리 마을 앞에 있는 다리라는 것에 착안하여, 알로이시오길에서 붙여준 이름이다. 남포다리는 사람만 다닐 수 있는 다리로, 밀양역에서 남포다리까지는 카카오맵으로 약 1,6km이다.

▲ 남포다리, Photo by 김주희

밀

양강(密陽江, Miryang River)은 울산광역시 울주군 상북면 소호리 고헌산에서 발원하여 밀양시를 통과한 뒤 낙동강에 합류하는 대한민국의 지방하천이다. 밀양강을 달리 밀양천이라고도 한다.[2]

알로이시오길에서는 남포다리를 건넌 다음, 아래 그림에 있는 **밀양강 습지**를 지나, 밀양강 둑방에 오르게 되는데, 카카오맵 기준 남포다리 초입에서 밀양강 둑방길까지의 거리는 약1.3km이다.

남포다리 앞까지는 차량이 들어갈 수 있다. 지원차량은 남포다리에서 걷는 일행과 헤어진 다음, 오른쪽 그림에 있는 X 지점으로 이동하여 걷는 일행이 잘 가고 있는지 망원경으로 확인하면서 무전기를 통해 앞길을 알려주면 좋다. X 지점의 주소는 경남 밀양시 남포동 316-1번지이다.

카카오맵 기준, 남포다리 초입 출발 장소의 주소는 경남 밀양시 남포동 411이고, 도착 장소는 경남 밀양시 상남면 예림리 240-6번지이다.

걷는 참가자가 어느 정도 자리를 잡으면, 지원차량은 빠르게 이동하여 앞

---

2) 『위키백과』

▲ 밀양강 습지, Photo by 김주희

그림의 도착 장소로 이동하여 둑방 옆면에 잠시 정차한 다음 걷는 일행을 맞이하여 첫 번째 휴식을 취한다.

위 그림은 앞 페이지 그림의 X 지점에서 걷는 일행을 찍은 사진이다. 사진 중앙에는 세 명의 참가자가 있다. 너무 작아서 숨은 그림 찾기를 해야할 것이다.

밀양강 둑방에는 사람이 다니는 산책로와 자전거 도로가 잘 갖추어져 있으므로, 다음 그림에서와 같이 둑방길을 따라 가면 된다. 그 시작점은 경남 밀양시 상남면 예림리 240-6이고, 도착점은 경남 밀양시 상남면 평촌리 1187-2로, 총 거리는 약 6km이다.

지원차량은 둑방길을 따라가면서 둑방 위에서 걷는 사람들을 사진찍으면 좋다. 대부분의 사진이 좋은 배경으로 인해 잘 나오는 편이다. 둑방을 따라 4km 정도 걸은 다음 2번째 휴식을 취하는데, 지원차량이 둑방 옆면에 주차할 수 있는 곳으로 하면 좋다. 아쉬운 점은 둑방 주위에 화장실이 없다는 것이다.

▲ Photo by 민서희

▲ Photo by 김주희

삼

상교는 경상남도 밀양시에 위치해 있는, 길이 600m, 폭 10.5m 의
밀양강을 가로지르는 차량용 다리이다.[3] 다음 페이지의 그림에서 사람
머리 위에 있는 다리가 삼상교이다.
알로이시오길에서는 삼상교를 건너
는 것이 아니라, 밀양강 둑방을 타고
오다가, 삼상교 아래에 있는 인도교
를 건넌다. 그 인도교의 이름을 알로

---

3) 한국의 교량 https://krbridge.com

▲ Photo by 김주희

이시오길에서는 삼상하교라고 한다. 지원차량은 걷는 일행보다 먼저 와서 삼상하교 건너편에 주차한 다음 삼상하교를 지나 걷는 일행 쪽으로 걸어 갈 수 있다.

트윈터널은 경부선 폐터널을 활용한 캐릭터 빛 테마파크로, 우측 입구는 2세대 콘크리트 터널이

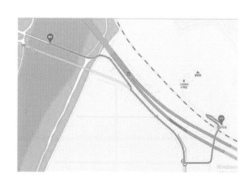

며, 좌측 출구는 1세대 벽돌 터널이다. 삼상하교에서 트윈 터널까지는 1,6km이다. 트윈 터널에는 외부 광장에도 화장 실이 있고 마트 안에도 화장실 이 있다. 트윈터널에서 점심을

▲ Photo by 민서희

먹고 휴식을 취하며 트윈터널 관람도 가능하다. 주차공간은 트윈터널 입구 쪽 주차장에는 적고, 위쪽 주차장에는 많이 있다.

삼

삼랑진우체국에 가는 것은 아니고, 삼랑진우체국 앞 큰 길까지 걷는 것이다. 트윈터널에서 삼랑진우체국 앞 큰 길까지는 약 4km이다. 도중에 화장실을 이용하려면 주유소에 들르면 된다.

삼

랑진역(三浪津驛, Samnangjin station)은 경상남도 밀양시 삼랑진읍에 있는 경부선과 경전선의 철도역이다. 이 역에서 경전선이 분기된다. 하루 상행 18편, 하행 19편의 무궁화호가 정차하며, 이 중 상하행 왕복 4편은 경전선으로 운행된다. 경전선은 이 역부터 광주송정역까지 모두 지상 구간이다.[4]

삼랑진역으로 가는 노선 버스는 이용객의 수가 너무 적어서 존재하지 않으며, 노선 버스를 이용하려면 700미터 거리의 송지사거리까지 내려가야 한다.[5]

---

4) 『위키백과』
5) 『위키백과』

삼랑진우체국 앞 큰길에서 삼랑진역까지는 약 642m이다. 지원차량은 삼랑진역을 바라보고 바로 왼쪽에 있는 주차장에 주차할 수 있고, 잠시 정차할 때는 역 정면 큰길이나 왼쪽 길가에 정차할 수 있다.

▲ Photo by 김주희

R21, C1, 밀양길

밀양길을 만든 사람들

김영훈, 김주희, 민서희, 밀양길,
배난주, 조갑순.

▲ Photo by 김주희

R22

C코스 2구간

삼랑진길

2020년 10월 20일

제1회 알로이시오길, R22 포스터

R22 삼랑진길 포스터는 아래와 같다.

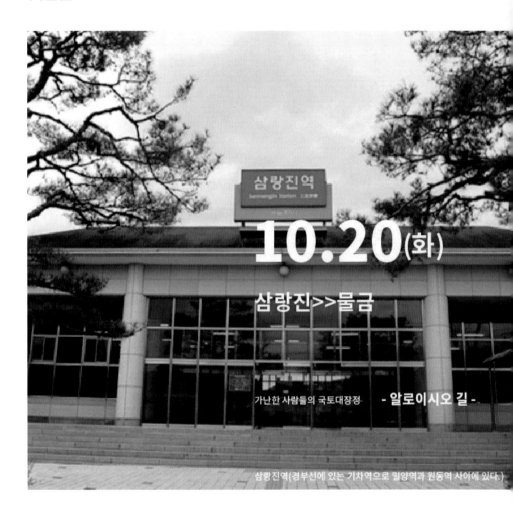

R22, C2, 삼랑진길

구간 대장, 안덕한 출사표

제가 태어난 곳은 부산시 좌천동 판자촌입니다. 성장기는 범내골, 수정동, 초량 산만디, 가난한 사람이 사는 곳인 빈민촌에서 생활하였습니다.

성장기를 지나면서는 소외계층인 이주민, 노동자, 기초생활수급자와 평생을 살고 있습니다.

▼ Photo by 조갑순

그러나 저는 가난하지 않고 부자입니다. 어떤 가난한 사람은 재물을 나누어주어서 가진 것이 없고, 어떤 부자는 재물을 나누어주지 않고 자기만 부를 축적한 사람입니다.

우리는 똑같은 사람입니다. 비록 알로시오 신부님 같이 헌신적이지는 못하지만 신부님 뜻을 조금이라도 새기고자, 성찰의 기회를 가지고자 합니다. 뜻이 있으신 분은 삼랑진길에 같이하고 싶습니다. 감사합니다.

안덕한, 2020. 8. 5.

▼ Photo by 조갑순

R22, C2, 삼랑진길

삼랑진길에 대한 단상

알로이시오길은 역에서 출발하여 역을 따라 걷다가 역에서 하루 일과를 마치게 된다. C코스 2구간인 삼랑진길은 삼랑진역에서 물금역까지 이어진 길이다. 그래서 그 출발지를 가져와 삼랑진길이라고 한다.

삼랑진역에서 물금역까지는 약 20km인데, 총 3개의 역과 2개의 공원 그리고 가야진사가 있다. 아래는 삼랑진역에서 물금역까지 지나가는 주요 거점을 순서대로 적은 것이다.

1. 삼랑진역, 앞광장
2. 양산 가야진사
3. 원동역, 광장
4. 서룡공원(자전거공원)
5. 강변공원 주차장
6. 물금역, 앞광장

삼랑진역 주차장은 역을 바라보고 왼쪽에 있다. 제법 많은 차를 주차할 수 있는 공간이지만 무료이다 보니 만차일 때가 많다. 오전 9시 전에는 역광장 차길에 잠시 정차하고 물품을 오르내리면 된다. 삼랑진역을 출발

하여 처음 이동하는 경로는 다음과 같다.

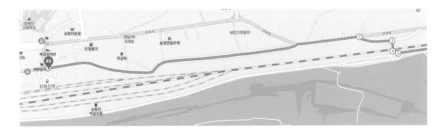

지원차량은 위 지도에 있는 곳까지만 동행하는데, 굴다리가 보이면 다음 페이지에 있는 지도의 경로를 따라 먼저 이동하여 걷는 일행이 굴다리 밖으로 나오기를 기다렸다 배웅을 하고, 양산 가야진사로 이동한다. 굴다리 밖에서부터 가야진사까지는 낙동강변을 따라 걷기 때문에 차량은 동행할

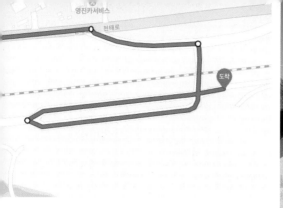

수가 없다. 지원차량은 오른쪽 사진의 차가 있는 곳에 잠시 정차하면 되고, 걷는 일행은 굴다리 안으로 들어간 다음 위 오른쪽 그림의 계단으로 나오면 된다. 이후 지원차량은 왔던 길을 돌아 산길로 가고, 걷는 일행은 아래 그림처럼 낙동강변 산책로를 따라 이동한다.

▲ Photo by 김주희

양

산 가야진사(梁山 伽倻津祠)는 경상남도 양산시 원동면 용당리에 있는 건축물이다. 1983년 12월 20일 경상남도의 민속문화재 제7호 가야진사로 지정되었다가, 2018년 12월 20일 양산 가야진사로 변경되었다.

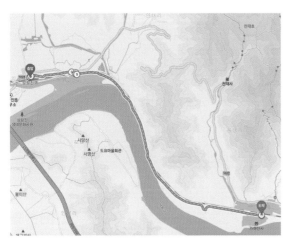

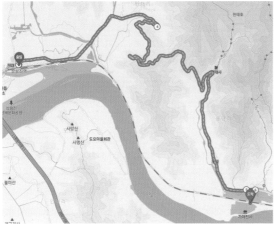

가야진사는 나루터 신(津神)을 모시고 있는 제당으로, 내부에는 제를 올릴 때 사용하는 젯상이 있고, 그 위에 머리가 셋인 용을 그려 놓은 그림이 놓여 있다. 현재의 사당은 조선 태종 6년(1406)에 세운 것으로 전하며, 옛 건축물로서 민속신앙을 보여주는 좋은 예가 되고 있다. 지금도 마을사람들은 이곳에서 제사를 지내고 있으며, 여름철 가뭄이 극심할 때에는 기우제를 지내기도 한다.[1]

---

1) 『위키백과』

삼랑진역에서 가야진사까지 걷는 거리는 약 8km이다. 위 두 개의 그림 중, 위쪽 지도는 걷는 사람이 이동하는 경로이고, 아래쪽 그림은 차량이 이동하는 경로이다.

오른쪽 그림은 가야진사에서 찍은 사진이다. 지원차량은 가야진사 무료주차장에 주차한 다음 기다렸다가 걷는 일행을 맞이하면 된다.

▲ Photo by 민서희

만일 지원차량 일행이 걷고 싶으면, 가야진사에서 삼랑진역을 향해 거꾸로 걸어가 일행과 만난 다음 다시 가야진사 쪽으로 이동하면 된다. 걷는 참가자는 삼랑진역에서 가야진사까지의 거리가 약 8km여서 조금 먼 편이므로 중간에 한 번 휴식을 취하면 좋다. 이처럼 걷는 일행과 지원차량이 멀리 떨어져 이동하는 경우에는 지원차량과 구간 대장이 서로 무전기를 이용하여 연락을 주고 받으면 좋을 것이다.

원동역(院洞驛, Wondong station)은 경상남도 양산시 원동면 원리에 위치한 경부선의 철도역으로, 무궁화호가 상행 10회, 하행 9회 정차한다. 원래는 육교가 없었고 간이 건널목만 있었으나 잦은 사망 사고로 인해 1980년대에 육교를 건설하였다. 봄에는 원동면에서 원동 매화축제가 열리기도 한다.[2]

▲ Photo by 김주희

원동역은 삼랑진길의 중간 지점이라 삼랑진역에서 점심 식사를 하면 좋은데, 여러 사람이 함께 들어가 식사할 만한 곳이 마땅치 않다.

점심 식사후, 조금 쉬었다가 다시 출발할 때에는 다음 페이지의 그림과 같은 경로로 이동하는데, 2021년 양산길 구간 대장은 이를 참고하여 미리 답사하여 확인하고, 원동역에서 낙동강변 길로 나가는 짧은 길을 찾아야 할 것이다. 답사하여 알아보았는데도 역시 다음 페이지의 그림과 같은 경로라면, 차라리 점심을 가야진사에서 먹고 잠시 쉬었다가 원동역으로 가

---

2) 『위키백과』

지 않고 곧장 낙동강변으로 이동하는 것이 좋을 것이다. 2020년에는 차를 타고 멀리 이동하여, 신촌참숯갈비 식당에서 점심을 먹었는데, 맛있었다. 그리고 식당 사장님이 걷는 일행에게 특별히 후식으로 내어 준 식혜는 정말 별미 그 자체였다. 아래 그림은 신촌참숯갈비 사장님과 함께 찍은 기념 사진이다.

▲ Photo by 김주희

서

룡공원은 경남 양산시 원동
면 서룡리 586-3에 있는 공원으
로 삼랑진길 두 번째 휴식 장소이
다.

공원에는 간이 화장실이 있고 어
묵이나 아이스크림 그리고 커피를
파는 곳이 있다. 지원차량은 미리
와서 일행을 기다리거나, 거꾸로
걸어가 일행과 조우한 다음 같이 공원까지 걸어와서 휴식을 취할 수도 있
다. 그 지역에 있는 사람들은 서룡공원을 그냥 자전거공원이라고 부르고
있었다.

서룡공원을 출발하여 화제
천 하구까지는 약 1.5km이
다. 화제천 하구는 걷는 일행
과 지원차량이 만날 수 있는
장소로, 화제천 하구 주소는
경남 양산시 원동면 화제리
3073번지이다.

옆 그림 중, 위쪽 그림이 걷는
사람의 이동경로이고 아래쪽 그림이 차량의 이동경로이다. 가야진사에서
서룡공원까지를 달리 효마길이라고 하는데, 효마길은 당일 구간 대장이었

던 효마 안덕한 선생이 젊어서 신혼생활을 했던 곳이라며 길안내를 해주어서, 걷는 일행이 붙여준 이름이다.

아래 그림은, 서룡공원에서 오봉산을 바라보고 찍은 사진이다.

▲ 효마길 서룡공원에서, Photo by 김주희

아래 그림은, 서룡공원을 출발해 낙동강변 산책로를 따라 걷고 있는 모습이다.

▲ Photo by 조갑순

아래 그림 역시, 서룡공원을 출발해 낙동강변 산책로를 따라 걷고 있는 모습이다.

▲ Photo by 조갑순

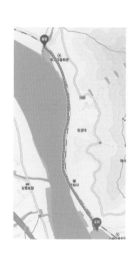

강변공원 주차장은 삼랑진길 세 번째 휴식장소이다. 화제천 하구에서 강변공원 주차장까지는 약 2km로, 주차장 주소는 경남 양산시 원동면 화제리 3073번지이다.

이곳에서 걷는 일행과 지원차량이 만나 잠시 휴식을 취한 다음 함께 이동한다. 이때 지원차량이 물금역까지 함께 가는 것은 아니고 중간에 주차장소로 먼저 이동한다.

물

금역(勿禁驛, Mulgeum station)은 경상남도 양산시 물금읍 물금리에 있는 경부선의 철도역이며 양산화물선의 기점이다. 하루 상행 20편, 하행 20편의 무궁화호와 ITX-새마을이 정차한다.[3]

강변 주차장에서 물금역까지는 약 1km이다. 아래 왼쪽 그림은 물금역까지 이동하는 경로이다.

왼쪽 지도 중 위 지도가 걷는 사람의 이동경로이고, 아래 지도가 차량의 이동 경로이다. 차량의 주차 장소는 경상남도 양산시 물금읍 물금리 372-19번지이다.

지원차량은 중간에 있찍 이동하여 위 주소에 주차한 다음 물품을 들고 사이길로 이동하여 물금역으로 이동하면 좋다. 아니면 물금역까지 함께 이동한 다음, 역을 바라보고 왼쪽에 있는 무료주차장에 잠시 정차한

---

3) 『위키백과』

▲ Photo by 김주희

다음 물품을 내릴 수도 있다.

하지만 주차장이 늘 만차이니 주차하기 쉽지 않고 혹 주차공간이 있더라도 역광장에서 아주 먼 곳에 주차하여야 한다. 이를 미리 알고 있으면 도움이 될 것이다.

R22, C2, 삼랑진길

삼랑진길을 만든 사람들

김주희, 민서희, 배난주, 안덕한, 조갑순.

▲ Photo by 조갑순

▲ Photo by 김주희

R23

C코스 3구간

물금길

제1회 알로이시오길, R23 포스터

R23 물금길 포스터는 아래와 같다.

R23, C3, 물금길

물금길에 대한 단상

알로이시오길은 역에서 출발하여 역을 따라 걷다가 역에서 하루 일과를 마치게 된다.

C코스 3구간인 물금길은 물금역에서 구포역까지 이어진 길이다. 그래서 그 출발지를 가져와 물금길이라고 한다.

물금역에서 구포역까지는 약 14km인데, 아래는 물금역에서 구포역까지 지나가는 주요 거점을 순서대로 적은 것이다.

1. 물금역, 앞 광장
2. 호포역, 3번 출구
3. 금곡역, 5번 → 4번 출구
4. 동원역, 2번 출구
5. 율리역
6. 화명역, 3번 → 1번 출구
7. 구포역, 광장

▲ Photo by 김주희

물금역에 아침 일찍 온 지원차량은, 광장 앞에서 정차하고 물품을 내린 다음, 경상남도 양산시 물금읍 물금리 372-19번지에 잠시 주차하면 좋다. 오전 9시 이전에는 주차 공간이 많이 있을 것이다.

역을 바라보고 왼쪽에 있는 역주차장에 주차할 수도 있으나 늘 만차여서 주차하는 것이 쉽지 않을 것이다.

▲ 아가다길을 걸으며, Photo by 김주희

호포역(湖浦驛, Hopo station)은 경상남도 양산시 동면 가산리에 있는 부산 도시철도 2호선의 전철역이다. 호포역은 물금길 첫 번째 휴식 장소로 물금역에서 호포역까지는 약 4.4km이다. 주의할 점은 걷는 방향이 아닌 반대 방향에 위치하고 있어서 육교를 건너야 한다는 것이다.[1]

물금길을 달리 '아가다길' 이라고 한다. 이 곳을 걸으며, 만일 조갑순 참가자가 S길(A+C코스)을 모두 완주하면, 이를 기념하여 물금역에서 구포역까지를 그녀의 세례명인 '아가다' 에서 가져와 아가다길이라고 하자고 하였는데, 조갑순 참가자가 S길을 모두 완주하여 아가다길이 만들어졌다.

---

1) 『위키백과』

▲ 육교에서 호포역을 바라보고, Photo by 민서희

금 곡역(金谷驛, Geumgok Station)은 경춘선의 역, 금강산의 역, 부산 도시철도 2호선의 역, 이렇게 세 개의 역이 있다.[2] 호포역에서 금곡역까지는 약 1.6km이다.

동 원역(東院驛, Dongwon station)은 물금길 두 번째 휴식장소로, 부산광역시 북구 금곡동에 있는 위치하고 있는 부산 도시철도 2호선의 지하철역이다. 금곡역에서 동원역까지는 약 1km이고, 동원역부터 장산역까지는 지하 구간이다.[3]

---

2) 『위키백과』

3) 『위키백과』

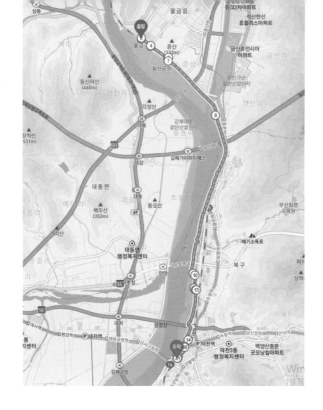

율리역(栗里驛, Yuli station)은 부산광역시 북구 금곡동에 있는 부산 도시철도 2호선의 지하철역으로, 인근에 한국산업인력공단, KT, 금곡동 행정복지센터 등이 있다.[4] 동원역에서 율리역까지는 약 1.5km이고, 물금역에서 구포역까지의 이동 경로는 위 그림과 같다.

화명역(華明驛, Hwamyeong station)은 두 개가 있는데, 하나는 부산광역시 북구 학사로에 있는 경부선의 철도역이고, 다른 하나는 부산광역시

---

4) 『위키백과』

북구 화명동에 있는 부산 도시철도 2호선의 전철역이다. 이 두 개의 역은 네 블럭 떨어져 있다. 화명역은 물금길 세 번째 휴식장소로, 율리역에서 화명역까지의 거리는 약 1.2km이다.[5]

구포역(龜浦驛, Gupo station)은 부산광역시 북구 구포동에 위치해 있는 경부선의 철도역으로 기존선 경유 KTX, ITX-새마을, 무궁화호가 모두 정차한다. 구포역은 부산 도시철도 3호선 구포역과 환승은 되지 않으나, 육교로 연결되어 있다. 이 역 건물 왼쪽의 육교를 넘어가면 부산 도시철도 2호선 구명역까지 걸어서 쉽게 갈 수 있도록 곳곳에 안내 표지판이 설치되어 있다.[6] 화명역에서 구포역까지는 약 4.2km이다.

---

5) 『위키백과』
6) 『위키백과』

▼ Photo by 김주희

R23, C3, 물금길

물금길을 만든 사람들

김주희, 민서희, 배난주, 조갑순.

▲ Photo by 김주희

R24

C코스 4구간

구포길

제1회 알로이시오길, R24 포스터

R24 구포길 포스터는 아래와 같다.

R24, C4, 구포길

구포길에 대한 단상

알로이시오길은 역에서 출발하여 역을 따라 걷다가 역에서 하루 일과를 마치게 된다.

C코스 4구간인 구포길은 구포역에서 부산역까지 이어진 길이다. 그래서 그 출발지를 가져와 구포길이라고 한다.

구포역에서 부산역까지는 약 17.1km인데, 아래는 구포역에서 부산역까지 지나가는 주요 거점을 순서대로 적은 것이다.

1. 구포역, 광장
2. 모라역
3. 모덕역
4. 덕포역
5. 사상역
6. 감전역
7. 주례역
8. 냉정역
9. 개금역
10. 동의대역
11. 가야역
12. 좌천역
13. 부산진역
14. 초량역
15. 부산역, 광장

구포역 유료주차장은 역을 바라보고 왼쪽에 있다. 지원차량은 아침 일찍 유료주차장에 주차한 다음 물품을 옮기거나, 참가자가 지원차량이 있는 곳으로 이동하여 물품을 받아도 된다.

▲ Photo by 조갑순

모라역(毛羅驛, Mora station)은 대한민국 부산광역시 사상구 모라동에 있는 부산 도시철도 2호선의 지하철역이다.[1]

모덕역(毛德驛, Modeok station)은 대한민국 부산광역시 사상구 덕포동에 있는 부산 도시철도 2호선의 지하철역이다. 인근에 부산 북부노동사무소와 사상공단이 있으며, 역은 사상공단 안쪽에 있다.[2]

---

1) 『위키백과』
2) 『위키백과』

덕

포역(德浦驛, Deokpo station)은 대한민국 부산광역시 사상구 덕포동에 있는 부산 도시철도 2호선의 지하철역이다.[3]

사

상역(沙上驛, Sasang station)은 부산광역시 사상구 괘법동에 있는 경부선과 가야선의 철도역이다. 부전역으로 가는 열차는 이 역에서 가야선과 부전선을 경유하여 동해선으로 진입한다. 향후, 부전~마산간 복선전철이 개통되면 경전선 환승역이 될 예정이고, 경부선 도심구간 지하화가 완공되면 경부선 역사는 폐역될 예정이다.[4]

---

3) 『위키백과』
4) 『위키백과』

▼ Photo by 조갑순

감

전역(甘田驛, Gamjeon station)은 대한민국 부산광역시 사상구 감전동에 있는 부산 도시철도 2호선의 환승역이다. 부역명은 사상구청으로, 역 인근에 사상구청이 있다. 4번 출구로 나가면 사상공원이 나오는데, 특이하게도 4번 출구는 계단을 뚫고 들어가는 구조로 되어 있다.[5]

주

례역(周禮驛, Jurye station)은 대한민국 부산광역시 사상구 주례동에 있는 부산 도시철도 2호선의 지하철역이다. 인근에 가야선 주례역이 있으

---

5) 『위키백과』

나, 가야선의 역은 현재 영업을 하지 않는다. 부산보훈병원이 역 인근에 있다.[6]

냉정역

냉정역(冷井驛, Naengjeong station)은 대한민국 부산광역시 사상구 주례동에 있는 부산 도시철도 2호선의 지하철역이다. 이 역의 부역명은 동서대·경남정보대였으나, 2009년 1월 10일자로 부역명이 삭제되었다.[7]

---

6) 『위키백과』
7) 『위키백과』

개금역(開琴驛, Gaegeum station)은 대한민국 부산광역시 부산진구 개금동에 있는 부산 도시철도 2호선의 지하철역이다. 부역명은 인제대학교 부산백병원으로, 인근에 인제대학교 부산백병원이 있다.[8]

동의대역(東義大驛, Dong-eui University station)은 대한민국 부산광역시 부산진구 가야동에 있는 부산 도시철도 2호선의 지하철역이다. 인근에 있는 수정터널을 통과하면 1호선 좌천역으로 바로 갈 수 있다.[9]

8) 『위키백과』
9) 『위키백과』

가야역(伽倻驛, Gaya station)은 대한민국 부산광역시 부산진구 가야동에 있는 부산 도시철도 2호선의 지하철역이다. 다른 역과는 달리 1·3번 출구는 축대를 판 공간 안에 있다. 가까운 곳에 이름이 같은 가야선의 가야역이 있다.[10]

좌천역(佐川驛, Jwacheon station)은 한글 이름과 한자 이름이 모두 같은 두 개의 역이 있다. 하나는 한국철도공사 동해선의 철도역으로 부산광역시 기장군 장안읍 좌천리에 있고, 다른 하나는 부산 도시철도 1호선의 도

10) 『위키백과』

시철도역으로 부산광역시 동구 좌천동에 있다. 인근에 영화 『친구』의 촬영지와 일신기독병원이 있다. 기장군 장안읍에 소재한 동해선의 좌천역과는 직선 거리로 26km 정도 떨어져 있는 전혀 다른 역이다.[11]

부산진역(釜山鎭驛, Busanjin station)은 두 개가 있는데, 하나는 한국철도공사의 화물역이고, 다른 하나는 부산 도시철도 1호선의 전철역이다.[12]

초량역(草梁驛, Choryang station)은 부산광역시 동구 초량동에 있는 부산 도시철도 1호선의 전철역이다. 근처에 부산항국제여객터미널, 주부산 일본 총영사관과 부산보훈복지회관 등이 있다.[13]

부산역(釜山驛, Busan station)은 부산광역시 동구 중앙대로에 있는 경부선의 철도역이자 종점이다. 한국철도공사 부산경남본부 관리역으로, 역 구내

---

11) 『위키백과』
12) 『위키백과』
13) 『위키백과』

에 한국철도공사 부산경남본부가 있다. 그리고 대한민국에서 서울역, 동대구역 다음으로 세 번째로 이용객이 많다. 부산역세서는 서울 방향 KTX, ITX-새마을, 무궁화호와 수서 방향 SRT를 이용할 수 있으며, 광장에 부산 도시철도 1호선 부산역 출입구가 있다.

경부선은 부산역부터 서울역까지 모두 지상 구간이며, 경부고속선은 부산역에서 천안아산역까지 지상 구간이다. 심야에 ITX-새마을이 3편성, 무궁화호가 7편성 주박한다.[14]

---

14) 『위키백과』

R24, C4, 구포길

구포길을 만든 사람들

김오균, 김주희, 민서희, 배난주,
안덕한, 이병록, 정년옥, 조갑순.

R25

C코스 5구간

부산길

제1회 알로이시오길, R25 포스터

R25 부산길 포스터는 아래와 같다.

R25, C5, 부산길

구간 대표주자, 김점자 출사표

겸손과 가난과 이웃사랑의 실천을 위하여~~

올해 1월 어느 피정에서 소 알로이시오 신부님의 영상을 보게 되어, 남편과 암남동 알로이시오가족센터를 방문해서 신부님의 삶을 알게 되었습니다.

같은 부산시민이지만 지금에서야 알게 된 게 많이 미안하고 부끄러운 생

각이 들어, 신부님의 뜻에 동참하고자 정기후원을 하고, 그날부터 소 알로이시오 사제의 성인 반열을 위해 시복 청원기도를 하며, 지인들에게 소 알로이시오 신부님과 가족센터를 알리고 방문 권유를 하고 있습니다.

제1회 가난한 사람들의 국토대장정에 함께 할 수 있어 감사드립니다. 부족하지만 존경과 사랑의 마음으로 그분의 뜻을 기리며 세상의 작은 빛이 되겠습니다.

김점자, 2020. 8. 14.

▼ Photo by 윤치호

R25, C5, 부산길

부산길에 대한 단상

알로이시오길은 역에서 출발하여 역을 따라 걷다가 역에서 하루 일과를 마치게 된다. C코스 5구간인 부산길은 부산역에서 알로이시오 기념병원까지 이어진 길이다. 그래서 그 출발지를 가져와 부산길이라고 한다. 부산역에서 알로이시오 기념병원까지는 약 7km인데, 아래는 부산역에서 알로이시오 기념병원까지 지나가는 주요 거점을 순서대로 적은 것이다.

▼ Photo by 윤치호

부산역에서 오후 1시에 출발하는데, 점심은 각자 해결한다. 원만한 행사를 위해서는 행사를 준비하는 주최측이나 행사 참가자 모두 12시 이전에 와서 등록하고 행사물품을 수령하면 좋다.

부산역에 주차하는 것은 쉽지 않으니, 행사 차량은 행사 하루 전에 부산역 1층 노란 간판의 짐 맡기는 곳에 짐을 맡기고, 행사 당일에는 길 건너편 기업은행 뒤쪽에 주차한 다음, 일행과 함께 걸어가 차를 몰고 나오는 것이 좋다.

▲ 부산역을 출발하며, Photo by 윤치호

중앙역(中央驛, Jungang station)은 부산광역시 중구 중앙동 4가에 있는 부산 도시철도 1호선의 지하철역이다. 근처에 부산항연안여객터미널이 위치하고 있으며, 제주도와 일본의 오사카, 후쿠오카, 시모노세키, 쓰시마 방향으로 운행하는 정기 여객선을 이용할 수 있다.[1]

———————————

1) 『위키백과』

남

포역은 세 개가 있다. 첫째 부산 도시철도 1호선의 도시철도 역, 둘째 충청남도 보령시에 있는 장항선의 철도역, 셋째 평남선의 철도역이다.

이중 알길에서 지나가는 남포역(南浦驛, Nampo station)은 부산광역시 중구 남포동과 중앙동과 동광동에 걸쳐 있는 부산 도시철도 1호선의 전철역이다.[2]

----

2) 『위키백과』

▼ Photo by 윤치호

비프광장(BIFF 광장)은 대한민국 부산광역시 중구 남포동에 위치한 광장이자 거리이다.

BIFF는 부산국제영화제를 의미하며, 부산국제영화제의 발원지이다.[3]

---

3) 『위키백과』

▲ Photo by 윤치호

자갈치역(자갈치驛, Jagalchi station)은 대한민국 부산광역시 중구 남포동과 서구 충무동에 걸쳐 있는 부산 도시철도 1호선의 지하철역이다. 남포지하도상가를 통해 남포역과 지하로 연결되어 있다.[4]

충무동은 총 4개가 있다. 첫째 부산광역시 서구의 행정동, 둘째 경상남도 창원시 진해구의 법정동, 셋째 전라남도 목포시의 법정동, 넷째 전라남도 여수시의 행정동이다. 이 중 알길에서 지나가는 충무동은 부산광역시 서구의 행정동이다.[5]

4) 『위키백과』
5) 『위키백과』

▼ Photo by 윤치호

송 도성당은 알로이시오 신부가 1962~67까지 주임신부로 시무하였던 성당으로, 부산광역시 서구 남부민동 해양로 8에 위치하고 있다.

▲ Photo by 윤치호

알

로이시오 기념병원은 부산시 서구 암남동 7번지에 위치하고 있다.
처음, 알로이시오 신부가 1970년 10월에 120병상의 구호병원을 만들
어, 질병으로부터 고통 받는 사람들의 치유와 정상적인 생활을 하도록 도

와주었는데, 이후 2009년 새롭게 신축하여, 알로이시오 기념병원으로 이름을 바꾸어 오늘에 이르고 있다.

R25, C5, 부산길

부산길 1팀, 그림으로 보기

▲ Photo by 윤치호

R25, C5, 부산길

부산길 2팀, 그림으로 보기

▲ Photo by 윤치호

R25, C5, 부산길

부산길 3팀, 그림으로 보기

▲ Photo by 윤치호

R25, C5, 부산길

부산길 4팀, 그림으로 보기

▲ Photo by 윤치호

R25, C5, 부산길

해단식, 최다구간 참가자 축하

▲ Photo by 윤치호

R25, C5, 부산길

해단식, 추모 버스킹

▲ Photo by 윤치호

R25, C5, 부산길

부산길을 만든 사람들

강성오, 강진수, 강혜경, 고귀순, 공기순, 김경순, 김경자,
김만태, 김명언, 김미연, 김순영, 김용수, 김정숙, 김점자,
김주희, 김혜진, 류정호, 민서희, 박미숙, 박미애, 박복희,
박순옥, 박정희, 배난주, 서대운, 설성욱, 신원조, 윤치호,
이강옥, 이병록, 이상호, 이은숙, 이정향, 이종구, 이준혁,
장재근, 장철원, 정영주, 조갑순, 최희선, 허병우, 황정자.

▲ Photo by 윤치호

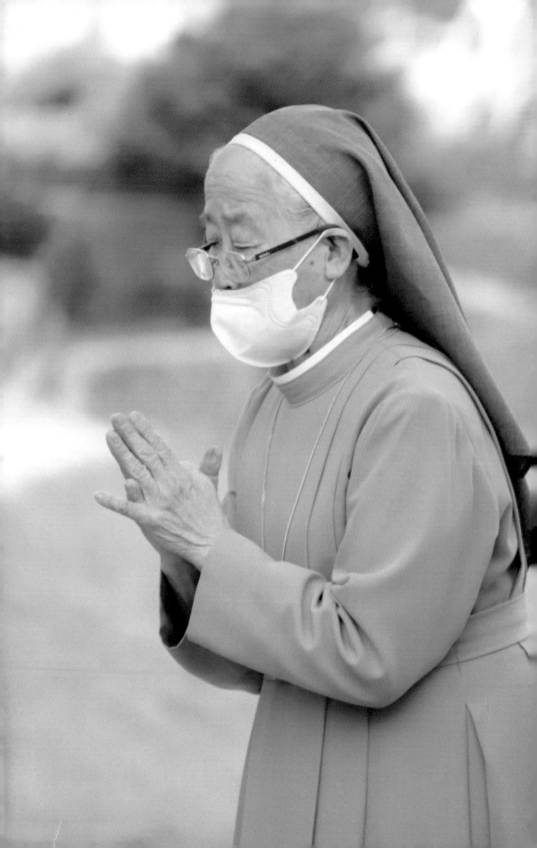

에필로그

첫 번째 이야기

알로이시오길(TRAM, The Road for Aloysius Monsignor Walking from Seoul to Pusan)
첫째 날, 서울역과 대전역 광장에서 발대식이 있었다. 비록 짧은 발대식이
었지만, 알로이시오 몬시뇰 신부의 어록을 낭독하는 시간을 가졌다. 아래
는 발대식에서 낭독한 알로이시오 신부의 어록 전문이다.[1]

가난한 사람들에게 봉사하고자 하는 사람들이
저지르기 쉬운 가장 큰 실수는

손가락 하나 까딱하지 않고
땀 한 방울, 피 한 방울 흘리지 않으면서
봉사하기를 바란다는 것입니다.[2]

봉사하는 사람들 가운데는
봉사 받는 사람들이 가난하고 많이 배우지 못하고
천하다는 이유로 대충 대해도 괜찮다고
생각하는 사람들이 있습니다.

---

1) 서울에서는 A코스 1구간 김옥선 대장이 낭독하였고, 대전에서는 알로이시오의
열매회 김경순 이사장이 낭독하였는데, 김옥선 대장이 낭독하는 그림은 이 책
16쪽에 있다.

2) 『영성일기』 마리아수녀회 엮음, 경기 2014, 책으로여는세상. 77쪽. 책 『영성일
기』의 원 제목은 『소 알로이시오 신부님과 함께하는 영성일기』이다.

하지만 가난한 사람들에게 봉사할 때
결코 대충해서는 안 됩니다.

오히려 현재적인 기술을 동원하여
가장 좋은 봉사를 해야 합니다.

그들에게 가능한 최고의 대우를 해주고
좋은 결과를 지속적으로 얻도록 노력해야 합니다.

형식적이고 미지근한 봉사는
그리스도다운 봉사가 아니며
그리스도 정신에 어울리지도 않습니다.[3]

나의 첫 번째 의무는
가난한 아이들을 돌보는 것입니다.[4]

두 번째 이야기

사람과 동물이 다른 점은 앞의 기억을 다음 세대에게 전해줄 수 있다는 것이다. 이는 동물들이 태어나면서부터 가지고 있는 본능과는 다르다.

누군가를 기억하는 방법은 많이 있다. 영화나 드라마를 통해 기억할 수도

---

3) 『영성일기』 마리아수녀회 엮음. 경기 2014. 책으로여는세상. 80쪽.
4) 『영성일기』 마리아수녀회 엮음. 경기 2014. 책으로여는세상. 154쪽.

있고, 사진이나 그림을 통해 기억할 수도 있다.

▲ 이강옥, Photo by 윤치호

알로이시오길은 걷는 행위를 통해 알로이시오 몬시뇰 신부를 기억하려는 또 하나의 시도이자 방법이다.

처음, 알로이시오길을 기획한 사람은 이강옥이다. 그의 제안에 따라 2014년과 2019년에 알로이시오 열매들과 마리아수녀회 등 내부인들이 참여하여 서울부터 부산까지 걸음으로써, 그 가능성이 입증되었다.

앞 두 번의 행사를 통해 자신감을 얻은 이강옥은 한 발 더 나아가, 알로이시오 영역을 외부로 확장하여, 누구나 매년 걸을 수 있는 알로이시오길을 기획하였고, 많은 사람들이 참가하여 '2020 알로이시오길(2020, The Road for Aloysius Monsignor)' 이 만들어졌다.

이 책은 '2020 알로이시오길' 을 만든 사람들을 기억하기 위해 만들어졌음을 밝히며 줄인다.

2021. 3. 3.
여의도 사무국에서
민서희, 알길연구소장